AF459898

ERRE DE BOUCHAUD

GOETHE ET LE TASSE

PARIS
ALPHONSE LEMERRE, ÉDITEUR
23-33, PASSAGE CHOISEUL, 23-33

M DCCCCVII

GŒTHE ET LE TASSE

DU MÊME AUTEUR

(Chez Lemerre, éditeur)

Claudius Popelin. Peintre, émailleur et poète. 1 vol. in-8. . . . . 3.50
Le Recueil des Souvenirs. Poésies. 1 vol. in-8. . . . . . 3.50
Les Heures de la Muse. Poésies. 1 vol. in-8. . . . . . 3.50
Les Lauriers de l'Olympe. Poésies. 1 vol. in-8 . . . . . 3.50
Rythmes et Nombres. Poésies. 1 vol. in-18. . . . . 3 »
Les Mirages. Poésies. 1 vol. in-18. . . . . 3 »
Vie manquée. Nouvelles. 1 vol. in-18. . . . . 3.50
Histoire d'un Baiser. Nouvelles. 1 vol. in-18. . . . . . 3.50
Sur les Chemins de la Vie. 1 vol. in-18. . . . . 3.50
La Pastorale dans le Tasse. 1 vol. in-18. . . . . 1.50
La Sculpture a Sienne. 1 vol. in-18. . . . . 2 »
La Sculpture a Rome. 1 vol. in-18. . . . . 2 »
Michel-Ange a Rome. 1 vol. in-18. . . . . 2 »
Raphael a Rome. 1 vol. in-18 . . . . 2 »
Benvenuto Cellini. 1 vol. in-18. . . . . 2 »
Les Successeurs de Donatello. 1 vol. in-18. . . . . . . 2.50
Naples. Son Site, son Histoire, sa Sculpture. 1 vol. in-18. 3 »
Tableau de la sculpture italienne au XVIe siècle. — Jean de Bologne (1524-1608). — Fin de la Renaissance. 1 vol. in-18. . . . . 3.50

(Chez Champion, éditeur)

Pierre de Nolhac et ses travaux. Essai de contribution aux publications de la Société d'Études italiennes. 1 vol. in-8. . . . . 5 »
Considérations sur quelques écoles poétiques contemporaines et sur les tempéraments a apporter a certaines règles de la prosodie française. 1 vol. in-18. . . . . 0.50

(Chez Sansot et Cie, éditeurs)

Étapes italiennes. 1 vol. in-12. . . . . 1 »
La poétique française. — Le présent et l'avenir. 1 vol. in-18. . . . . 2 »

MACON, PROTAT FRÈRES, IMPRIMEURS.

PIERRE DE BOUCHAUD

GŒTHE
ET
LE TASSE

PARIS
ALPHONSE LEMERRE, ÉDITEUR
23-33, PASSAGE CHOISEUL, 23-33

M DCCCCVII

CHAPITRE Ier

CONSIDÉRATIONS GÉNÉRALES

Le Tasse ! Évoquer ce nom, c'est évoquer celui d'un grand poète. C'est nommer l'esprit le plus clair et le plus charmant du XVIe siècle italien, une âme d'une mobilité et d'une élégance uniques, toujours différente d'elle-même et dont l'imagination a créé des chefs-d'œuvre et laissé derrière elle comme un sillon de gloire. Il ne s'agit pas de savoir ce que la poésie italienne aurait pu devenir sans lui, il faut au contraire montrer ce qu'elle doit à cet esprit qui, si près de l'Arioste, sut garder entière son originalité et répandre autour de lui les fleurs du printemps de sa Muse inspirée.

Nous verrons plus loin que la vie de ce

poète fut malheureuse et que, victime de la maladie, il traîna partout des jours sombres et inquiets. Pour l'instant, ne nous préoccupons que de ce qu'il donna en poésie. Tasse est, par excellence, le représentant de l'âme italienne à la fin de la Renaissance. Son talent, à la fois fécond et rayonnant, lumineux et beau, n'aime ni les ombres ni les clartés indécises, ni les troubles panoramas des Wikinds ou des Odins. Ce talent, on a dit avec raison qu'il participait de la nature physique des lieux que Tasse habita, de l'âpreté des montagnes de Bergame, pays d'origine de sa famille, et de la sécheresse majestueuse des plaines de Ferrare où il séjourna si longtemps. Son génie doit être estimé comme une chose précieuse, comme un pur joyau italien, et personne ne l'a mieux compris que feu le délicat critique Émile Montégut, alors que, visitant à Rome l'église de S.-Onuphre où est enterré le Tasse, il écrit :

« Si les choses de ce monde étaient plus

souvent réglées par le tact de l'imagination, le seul qui soit infaillible, parce que c'est le seul qui recherche l'harmonie, voici quel aurait dû être pour une cérémonie funèbre en l'honneur du Tasse l'idéal d'un cortège : une douzaine de dames italiennes choisies pour leur sensibilité et leurs vertus, cinq ou six pâtres de la campagne romaine choisis pour leur beauté et la pureté de leur race, une vingtaine de religieux désignés par leurs lumières, une députation de lettrés pris parmi ceux qui ont une tournure don-quichottique d'imagination; deux ou trois mondains renommés pour leur sentiment de l'élégance et quelques représentants de la grandeur déchue — il y en a toujours à Rome — présidés par le Souverain Pontife. Le caractère d'une assemblée ainsi composée serait exactement assorti au caractère du génie du Tasse ». Ajoutez à cela une musique funèbre évoquant les belles images, les tristesses et la passion de sa poésie : voilà le cortège véritable qui accompagne l'ombre du Tasse. Tout autre ne serait composé que de Barbares, c'est-à-dire une suite indigne de lui et qui ne rappellerait nullement le Torquato de Naples, de Ferrare, le poète des sonnets et des madrigaux, l'auteur de l'*Aminta*, le chantre de la *Gerusalemme*, le platonicien mêlé de chrétien, l'un des plus grands peintres de la lumière qu'ait créés l'Italie.

Oui, le Tasse est un joyau italien : il est aussi le chantre du bonheur par excellence. Ce délicieux esprit, que la folie visita sans cesse, fut l'écrivain même de la joie. Ses héros sont sans doute vaillants et religieux. Ils sont surtout pleins de joie. Je me réserve d'en parler plus minutieusement dans quelques instants et de montrer comment leur héroïsme même se mélange de grâce et de volupté et relève par un sentiment d'exaltation amoureuse les actes les plus ordinaires de la vie et de leur vie.

Torquato Tasso fut un poète que l'existence resta impuissante à rendre grave.

Mais s'il n'eut à une dose exceptionnelle ni la vigueur, ni l'originalité des conceptions, ni la largeur des pensées, ni la force des sentiments, il se montre néanmoins le peintre merveilleux de la nature. Nullement épique comme Arioste, ce grand inventeur de l'*Orlando Furioso*, le style lyrique lui fut familier et il s'en servit comme ne l'avait fait jusqu'alors aucun poète pour donner de la nature les tableaux les plus enchanteurs. Forêts ombreuses, prairies émaillées de fleurs, ruisseaux dévalant doucement les pentes des collines, peintures des horizons, des ciels, des météores, de l'atmosphère, personne ne lès conçoit, ne les dessine comme lui. Il se complaît à parler des nuits splendides éclairées d'étoiles, à décrire dans ses poèmes les transparences de l'éther, les phénomènes de l'aube. Il note comme personne l'étouffante atonie de l'atmosphère dans les étés de sécheresse, les tiédeurs des matinées de printemps. Sa plume a des finesses de pinceau étonnantes pour aborder le domaine pittoresque.

Et cependant il reste juvénile. Si son héroïsme n'est que peu viril et peu austère son sentiment religieux, son imagination est pourtant élevée et souvent toute consacrée à l'idéalisme. Il est aussi pathétique et charmant; mais comme il a horreur du drame, il veut que ses héroïnes et ses héros « s'endorment dans la mort comme les nymphes du Corrège parmi l'ombre des bois et que la douleur de ceux qui survivent voltige sur leurs tombes comme les mânes du bonheur »[1].

On a porté bien des jugements sur Torquato Tasso. Les uns n'ont vu en lui qu'un futile poète et qu'un assembleur de *concetti* comme Boileau; les autres qu'un ambitieux personnage, toujours mécontent du peu de faveur qu'avaient pour lui les grands; mais jusqu'à Angelo Solerti dont la mort prématurée est une vive perte pour les Lettres italiennes et qui lui consacra un livre magnifique en 1888, on ne se préoccupait point

1. Montégut.

assez de ce que fut la santé de cet homme. On parlait jusqu'alors de ses œuvres d'art, de leur importance historique. On alla jusqu'à écrire, non sans raison d'ailleurs : « il forme le passage entre la poésie qui dit en lui son dernier mot et la musique qui balbutie tout au long de ses poèmes ses premières mélodies. D'une main il fait le salut d'adieu à la lignée de Dante et d'Arioste ; de l'autre, il donne le salut de bienvenue, à travers les siècles, à la race des Pergolèse, des Cimarosa, des Rossini et des Bellini ».

On nomma même parfois son hypocondrie. Or peu d'écrivains s'avisèrent, avant Angelo Solerti et M. Cherbuliez (dans le *Prince Vitale*), d'expliquer que les bizarreries du Tasse, que les trous dans son talent, que son *incontentabilita* perpétuelle, n'eurent pas pour cause, comme le dit la légende, l'amour malheureux de Torquato pour Léonore d'Este, sœur d'Alphonse II, duc de Ferrare, mais bien les accès de folie intermittente occasionnés par une disposition naturelle et par le labeur intellectuel du poète.

Car Torquato produisit des œuvres nombreuses. Ce serait une erreur de croire qu'il limita ses compositions à la *Jérusalem délivrée* et à l'*Aminta*. Durant toute sa vie, il ne cessa de composer et sur les sujets les plus divers. Il convient d'en donner ici quelques indications précises. A 18 ans, il passe à Padoue ses examens de docteur en philosophie (1564). En 1561 il avait déjà publié *Rinaldo*, poème épique en douze chants. L'*Aminta*, pastorale sur laquelle je reviendrai plus loin, voit le jour en 1573. *Galealto Re di Norvegia* paraît la même année. Il *Re Torismondo* en 1586-1587. Il donne ensuite *il Monte Oliveto* (1588), poème sur la mort du Christ, dédié au cardinal Antonio Carrafa, protecteur de l'ordre des Olivétains; la *généalogie di Casa Gonzaga* (1591) offerte à Vincent de Gonzague, prince de Mantoue; *del Mondo Creato* (1592), poème en sept journées. N'oublions pas *il Rogo Amo-*

roso (1588) et des prologues, des églogues, des sonnets, des chansons en nombre infini. Il termine en 1575 la *Jérusalem* à laquelle il travaillait constamment depuis près de douze ans. Puis ce sont à chaque instant des poèmes surérogatoires : vers d'amour, vers en l'honneur de solennités publiques ou de louanges à la gloire des princes et des grands personnages dont il reconnaît ainsi les bienfaits ; des compositions pieuses ; des traités sur toutes sortes de sujets ; des récits d'imagination comme *il Romeo, il Padre di Famiglia* ; des dialogues comme celui intitulé : *del Piacere onesto* ; des discours, comme celui qui a pour titre : *la Virtu de' Romani*, et tant d'autres compositions que je trouve superflu de citer et qui : de l'*Amicizia* au *Minturno*, des *Discorsi del poema eroico* ou des *Lagrime di Maria Vergine* à la *Gerusalemme liberata* déjà citée, et qu'il voulut, par scrupule de conscience, recommencer plus orthodoxement en composant la *Gerusalemme conquistata*, témoignent d'un effort incessant d'imagination et d'une tension intellectuelle constante sur les questions les plus diverses. Et quand j'aurai dit qu'à tous ces travaux vint s'adjoindre la charge de lecteur à l'Université de Ferrare où il fut nommé en 1572, on comprendra sans peine que sur une nature de complexion délicate comme celle de Tasse, déjà prédisposée à l'aliénation mentale, le labeur intellectuel ne put que hâter les atteintes d'un mal dont les attaques, bien qu'intermittentes, n'en firent pas moins le malheur de sa vie.

D'ailleurs, disons-le au début de cette étude, Torquato Tasso fut la victime de la légende. Des bruits absurdes coururent sur lui depuis que le bon Manso écrivit sa biographie avec une fantaisie déplorable pour la vérité. Manso, dans sa *Vita di Torquato Tasso*, a défiguré le modèle qu'il avait eu pourtant sous les yeux. Il a cru respecter les faits et n'a que côtoyé l'histoire. Loin de tracer un portrait ressemblant de son héros, il l'a défiguré. C'est une telle inexactitude qui est en grande partie coupable de la légende des amours de Torquato avec la princesse Léonore d'Este, légende qui est allée s'amplifiant jusqu'à ce qu'en France un Cherbuliez (*le Prince Vitale*) et en Italie un Solerti aient réagi courageusement contre des récits imaginaires, enlevant à notre poète son vrai caractère et n'insistant pas assez, pour expliquer ses désordres et ses infortunes, sur le mal affreux dont il était atteint.

CHAPITRE II

VIE DE TORQUATO TASSO

Il est nécessaire de donner ici un court résumé de la vie de notre poète. Torquato Tasso naquit à Sorrente le 11 mars 1545. Il était fils d'un gentilhomme Bergamasque, appartenant à une très ancienne famille de la haute Italie et nommé Bernardo. Ce Bernardo, attaché au prince de Salerne, Sanseverino, fut atteint par la proscription qui frappa son maître, que Charles-Quint exila des États de Naples sur la dénonciation du vice-roi, don Pierre de Tolède, qui ne lui pardonnait pas d'avoir combattu, en 1547, l'établissement, dans le royaume, du tribunal de l'Inquisition.

Bernardo, forcé de s'expatrier en même

temps que le prince Sanseverino dont il était le secrétaire, partit de Naples en laissant à Sorrente sa femme : Porzia de' Rossi, et deux enfants : une fille nommée Cornélia, née vers 1537, et le petit Torquato.

Bernado, exilé des États Napolitains, fit venir son fils à Rome. L'enfant y passa quelque temps à étudier en compagnie d'un jeune cousin et sous la direction paternelle. Puis il partit pour Bergame où de nombreux membres de sa famille se trouvaient encore. Les premiers développements de l'esprit du jeune Torquato furent étonnants : à neuf ans, il possédait les langues savantes et commentait les auteurs classiques ; à douze ans, il étonnait ses maîtres par l'étendue de ses connaissances, semblable en cela à cette jeune Olympia Morata qui, à pareil âge, s'entretenait avec les savants ferrarais en grec et en latin.

Mais déjà l'enfant montrait une vocation irrésistible pour la poésie. Cependant, son père, découragé par des revers de toutes sortes, par la confiscation de ses biens survenue au moment où le prince de Salerne l'avait envoyé en France pour engager Henri II à marcher contre Naples, et quoique ayant trouvé des protecteurs dans la personne des ducs d'Urbin et de Mantoue (1562 et 1564), son père, jugeant par son propre exemple, car il était poète aussi, combien la carrière littéraire est semée de disgrâces et de déceptions, voulut l'arracher à une passion qu'il considérait comme funeste. Il l'envoya étudier le droit à Padoue (1560). Torquato ne se montra pas moins remarquable dans ces nouvelles études. Sous des maîtres comme Sperone Speroni, G. V. Pinelli, F. Piccolomini, Passera, Sigonio ; aux côtés d'amis éminents comme Scipion de Gonzague (qui devait lui rester dévoué toute sa vie), L. Veniero, Cesare Pavesi, Danase Cataneo, il soutint avec honneur des thèses sur la philosophie, la jurisprudence, la théologie et reçut le bonnet de docteur au milieu des applaudissements de tous.

Mais ses triomphes universitaires ne le détournaient pas de la poésie. Le jeune jurisconsulte se fit d'abord connaître par le poème chevaleresque de *Renaud*, qu'il publia pendant l'été de 1561, et que toute l'Italie salua avec enthousiasme.

C'est à partir de ce moment, que Tasse se vit recherché des princes et des savants. Après avoir continué ses études à Bologne dont l'Université n'était pas moins célèbre que celle de Padoue, il fut attiré, en 1565, à Ferrare, à la cour d'Alphonse II d'Este, et nommé gentilhomme du cardinal Louis, frère du duc, qu'il accompagna en France (1570-1571). Le poète nous a laissé de ce voyage un document intéressant : une lettre adressée à Hercule Contrari, capitaine général du duc de Ferrare et dans laquelle il compare la France et l'Italie au point de vue économique, financier, militaire et agricole. Trois choses l'étonnent outre mesure dans notre pays : la nourriture des enfants avec du lait de vache, la coutume des gens de famille noble de vivre retirés dans leur château où ils prennent des façons arrogantes parce qu'ils n'ont jamais affaire qu'à des êtres de condition inférieure et manquent de frottement; enfin la coupable indifférence des gentilshommes pour les sciences et les lettres : dès lors la philosophie, traitée par des hommes nouveaux, perd beaucoup de sa noblesse naturelle; au lieu de s'occuper de problèmes rationnels, on la voit tomber dans l'obscurité et réduire son importance à n'être plus que la servante des arts vulgaires, au lieu de jouer un rôle de reine modératrice des humains.

Pendant son voyage à Paris, Torquato se lia avec Ronsard, Desportes, Amyot, Michel de l'Hôpital, Henri de Mesmes et les poètes et savants de la cour de Charles IX.

On a dit faussement que le roi de France, charmé par le poète, l'aurait comblé de faveurs et lui aurait accordé la grâce d'un condamné à mort. Ce sont là des faits trop invraisemblables, étant donné la position de fortune plus que modeste de Tasse et le poste peu en vue qu'il occupait à la cour du cardinal Louis d'Este.

Durant ce voyage il tomba d'ailleurs en disgrâce. Indigné par les répressions sanglantes dont les Réformés étaient l'objet, il ne craignit pas de s'élever hautement contre de pareils procédés et de blâmer énergiquement une telle violation des droits de la conscience. Le cardinal, malgré son extrême légèreté de mœurs, se montra fort peu satisfait de cette liberté de langage. Dès lors il ne s'occupa plus du poète qui, rentré à Ferrare, tomba dans un dénument qu'il a peint dans un de ses plus jolis sonnets où il prie sa chatte de lui prêter, pendant la nuit, la lumière de ses yéux pour éclairer ses veilles.

Peu après son retour à Ferrare, il entrait en 1572 au service du duc d'Alphonse II, grand seigneur lettré et magnifique et sur lequel nous reviendrons plus loin.

Il se remit alors avec ardeur à son poème,

la *Jérusalem délivrée* dont il avait écrit les premiers vers avant son départ pour la France. La *Jérusalem* ne fut terminée qu'en 1575. Pendant qu'il composait cette œuvre, il donna l'*Aminta*, comédie pastorale, un chef-d'œuvre en son genre (1572), et il importe ici de s'arrêter quelque peu sur cet ouvrage charmant.

C'est avec Tasse que la pastorale prend sa forme harmonieuse et vivante ; avec lui qu'elle devient véritablement une œuvre de théâtre. Comme le disait Manso, l'année 1629, « Torquato, en composant une œuvre et en créant des personnages de pastorale se soumit non moins aux coutumes de l'églogue qu'aux règles de la comédie et de la tragédie, en faisant des trois une merveilleuse et précise composition. Il emprunta la scène, les personnages et les costumes à l'églogue ; à la tragédie les personnages divins, la trame héroïque, les chœurs, les vers harmonieux, la gravité des phrases ; à la comédie enfin les personnages du commun, les alertes propos de la conversation, l'heureuse issue des événements. Dès lors la pastorale est constituée. Nous n'avons pas à nous occuper de savoir comment elle se transformera par la suite, se transportera d'Italie en Espagne et d'Espagne en France pour aboutir aux compositions d'Alexandre Hardy, aux pages de l'*Astrée*, aux *Bergeries* de Racan, et, après être parvenue à son apogée, entre 1624 et 1631, se terminera par l'entrée en scène de Lully et les débuts de sa collaboration heureuse avec Philippe Quinault. Il faut ici nous resteindre à l'œuvre de Tasse et insister quelque peu sur le poète de l'*Aminta*.

Avec ses qualités brillantes et la demi-obscurité qui entoure les dernières années de sa vie, Tasse est une des physionomies les plus charmantes et sympathiques de la littérature italienne. Sa vie appelle la légende, la légende le crée héros de roman, à cause de ses prétendues amours malheureuses avec Léonora d'Este, sœur d'Alphonse de Ferrare, et à cause de sa folie.

Mais au moment où il écrit l'*Aminta*, son esprit ne remue guère que des images gaies. Néanmoins il est déjà tel que le trouveront les épreuves de la fin de sa vie. Il est nerveux, exalté, s'enthousiasme promptement, se désempare aussi vite qu'il s'engoue. Il est constamment ballotté entre les disparates et les discordances de l'époque. Il étale un orgueil naïf à la cour de Ferrare et ne peut deviner les dangers terribles qui menaçent secrètement le gouvernement d'Alphonse II. Il assiste impassible aux rigueurs de la politique ducale et tremble devant les sévérités inquisitoriales du catholicisme nouveau. Comment se tracer une vie droite au milieu de tant d'embûches politiques et mondaines? Son âme est insuffisamment trempée pour cela. Peu équilibré, ce poète charmant ira toujours à l'extrême: tour à tour l'orgueil l'enivrera, les injustices imaginaires le révolteront, l'angoisse l'écrasera. Souffrant, autant qu'il est possible, des piqûres de la vie, ses nerfs épuisés feront de lui un vrai martyr.

Son père Bernado, poète et non des moindres[1], lui a transmis son impressionnabilité, mais nullement sa fermeté ; sa mère Porzia, cette délicatesse qui ne s'appuie plus chez lui sur la soumission à la vie. Il voit le jour à Sorrente, au milieu des enchantements et des souvenirs bucoliques, non loin de Naples « si plaisante et délicieuse, disait-il lui-même, que les poètes supposèrent qu'elle fut la demeure des sirènes ».

En Campanie, au collège des Jésuites, à Rome, à Urbin, à Padoue, sa remarquable intelligence attire sur lui l'attention de tous. A dix-huit ans, il est sacré grand poète. Appelé à Ferrare, au service du cardinal Louis d'Este, frère du duc régnant Alphonse, il y arrive comme dans une apothéose au milieu des réjouissances de toute une ville qui semble parée pour le recevoir. Tout le monde est aimable pour lui. Courtisans et grandes dames l'entourent de toutes les prévenances.

1. Il fut connu surtout par son poème en cent chants : *l'Amadigi* (*Amadis de Gaule*) qui eut un grand succès (1560).

Le duc est affable ; sa sœur, Lucrèce d'Urbin, accueille avec plaisir les vers du poète. Peu à peu le Tasse est grisé. La poésie devient pour lui le but même de la vie : tout doit céder devant le talent et la beauté. Que sont, à côté d'eux, les menus offices pour lesquels des gens comme Guarini, Montecatino et d'autres, essaient de se rendre utiles au duc Alphonse, en s'occupant des affaires de l'État ?

Une extrême hypertrophie d'orgueil cache à Tasse les réalités de la vie. Celle-ci ne lui doit que du bonheur sans souci. Que demander au poète en dehors du génie ? Et du génie, lui, Tasse, en possède autant qu'il se peut faire. Comment se défier dès lors des jalousies ou des dangers embusqués au milieu d'une société si brillante ?

Hélas, le pauvre poète n'en choit que de plus haut. L'injustice va le désemparer. Les princes l'ayant traité comme un égal, il a cru sérieusement à sa royauté littéraire. Aussi, quand il accompagne en France, en

1570, le cardinal Louis d'Este, venant prendre possession des bénéfices auxquels lui donne droit sa dignité de protecteur des intérêts de l'Eglise française auprès du Pape, le bon Torquato commence à marcher de désillusion en désillusion. Désormais son amour-propre ne guérira plus. Voyant que tout n'est pas franchise et générosité, il n'a plus dans l'esprit que des idées noires. Peu à peu, elles se transforment en une croyance fixe : à savoir que, sous des dehors séduisants, se dissimule toujours une réalité dure et fatale, et que les élégances de cour sont comme des plantes couvrant, de leur surface verte, les boues traîtresses d'un marais. Que de mésaventures lui surviennent ! Que de malheurs l'accablent ! Chacun le trouve désarmé autant qu'étonné. Contre la destinée, il s'emporte comme un enfant, quand il ne se laisse pas aller à des colères de fou. Alors il fuit Ferrare, supplie qu'on l'y laisse revenir, maudit, implore, insulte, jusqu'au moment où l'hôpital des aliénés va le recueillir pour sept ans !

En même temps il est la proie facile des scrupules religieux. Il vit dans les remords lancinants de sa vie passée et dans les angoisses de ses pensées présentes. Ardent, mystique et sensuel, il n'en est pas moins le seul chrétien de la Renaissance italienne, selon la remarque si juste de Giosue Carducci ; mais il ne peut se faire à cette religion des dernières années du XVIe siècle, à cette religion des papes de la contre-réforme, soupçonneuse, revêche et menaçante. Il voudrait mener une vie libre et pieuse tout ensemble, écrire comme un philosophe et croire comme un chrétien. Mais la Papauté intransigeante veille. A Léon X, Grégoire VIII a succédé. La peur de la religion réformée a chassé l'aimable tolérance d'autrefois. Et voici que le moindre vers peut devenir un crime. La crainte du Saint-Office hypnotise le poète. Maladroitement il court au-devant des soupçons des Inquisiteurs défiants. Il avoue des fautes imaginaires. Il s'accuse d'avoir douté de Dieu. Il s'adresse à Dieu même pour confondre son impiété : « Seigneur, ma conception de la divinité n'était sans doute pas différente des idées de Platon, des atomes de Démocrite, du système d'Anaxagore, de la matière première d'Aristote. Mais je doutais que tu fusses le créateur du monde, que tu eusses donné à l'homme une âme immortelle et que tu aies daigné revêtir une forme humaine. »

Or l'homme qui s'adresse de tels reproches et qui restreint ainsi enfantinement son esprit, est celui qui s'avançait au-devant de la gloire avec tant de joie, en attendant de de maudire les bassesses de la cour et du monde. L'expérience ne put rien contre une pareille nature. La réalité ballotta d'abord et finalement brisa cette âme de rêve.

Et c'est parce qu'il fut une âme de rêve que la pastorale, avec son caractère artificiel, est le genre qui lui convient le mieux. Ce genre n'est pas pour lui qu'un divertissement propre à charmer l'imagination. Cette vie de bergers est, à ses yeux, la vie idéale, celle qu'il aurait voulu mener, l'existence faite de loisir lettré — *ozio letterato* — et amoureux — *amoroso* — qu'il prétendait trouver à la cour de Ferrare, abrité contre les vulgarités de l'existence, sans autre soin que les beaux soucis d'amour, sans autre contrainte que celle de chanter harmonieusement, en jouissant de la vénusté des choses et en participant à cette vénusté. Du reste, au plus fort de ses peines, ce désir d'une vie tranquille le poursuit. La *Jérusalem délivrée* est pleine d'épisodes propres à la pastorale. On peut dire qu'il l'avait dans le sang, la pastorale, même le jour où, sous un déguisement de berger, au mois d'août 1577, il fuit à Sorrente, auprès de sa sœur Cornélia, des ennemis supposés.. Le palais d'Alphonse n'a pas voulu être son Arcadie : il la cherche ailleurs. Mais bientôt la vie le reprend. La réalisation du rêve lui a enlevé tout agrément et tout charme.

La comédie pastorale de l'*Aminta* est un poème de sincérité, de calme et de plénitude.

Le génie de Tasse s'y livre sans contrainte. Il ne s'y heurte pas à des scrupules comme dans la *Jérusalem.* Il n'y subit aucune entrave. Il y est exquis [1].

Trois ans après l'*Aminta*, c'est-à-dire en 1575, paraissait la *Jérusalem délivrée.* En même temps commençaient les malheurs du poète. Je me réserve de traiter séparément les amours de Tasse et la légende de sa prétendue inclination pour la princesse Léonore d'Este. Mais il importe de dire ici que les liaisons amoureuses du poète qui se jugeait lui-même « un homme habitué à la rêverie, à lire peu et à suivre les douces lois de l'amour », ne furent pour rien dans ses malheurs. La cause de ceux-ci provint de deux sources : d'abord de l'infatuation de sa nature, ensuite de la maladie cruelle qui le guettait, la folie.

En choisissant le sujet de la *Jérusalem délivrée,* Torquato n'avait pas écouté seulement son instinct religieux et chevaleresque, réveillé par les vieux poèmes qu'il avait lus et par la

1. Voir mon étude : *La Pastorale dans Le Tasse* (Lemerre).

croisade contre les Turcs qui menaçaient de nouveau la Péninsule ; il avait eu encore un autre mobile que Lamartine saisit parfaitement quand il écrivait dans son *Cours de Littérature française* : « Les noms de toutes les familles nobles et souveraines de l'Occident et de l'Orient devaient revivre dans ce catalogue épique de leurs exploits et attirer sur l'auteur la reconnaissance et la faveur des châteaux et des cours. Les croisades étaient le nobiliaire de l'Europe, le poète serait le dispensateur et l'arbitre de l'immortalité parmi les descendants de ces familles ». Rien de plus exact. Torquato n'eut pas d'autre but et c'est ce dont se rendirent promptement compte tous les Potentats avides de renommée qui, les uns, comme Alphonse d'Este, nourrirent le poète dans le luxe, les autres comme Guidobaldo II de la Rovère, duc d'Urbin, lui firent de riches présents. Le duc d'Urbin, auprès duquel Tasse avait séjourné dans sa jeunesse, de 1557 à 1560, et qui avait accepté pendant ces trois années les services de son père Bernardo, avait reçu du poète la promesse de la dédicace de son épopée ; en effet l'ébauche des trois premiers chants de la *Jérusalem délivrée*, dont le manuscrit se trouve dans la Bibliothèque Vaticane, porte en tête le nom et les louanges du prince de la Rovère. Mais en acceptant à Ferrare la large hospitalité d'Alphonse II qui lui donna les loisirs nécessaires à l'achèvement de sa *Jérusalem*, Tasse biffa le nom de son ancien protecteur et le remplaça par celui du nouveau. Le manuscrit, tel qu'il fut édité, sans l'aveu du poète, contient à chaque instant des invocations à la gloire de la maison d'Este, des ducs de Ferrare. Mais aucun passage n'est plus caractéristique à cet égard que celui du chant XVII.

Un enchanteur s'adresse en ces termes à Renaud, fondateur de la maison d'Este : « L'arbre des Este fut dès les premiers âges fertile en héros ; sa sève n'est pas encore et ne sera jamais épuisée, parce que le cours des siècles n'éteindra pas sa vertu. Jamais dans les temps les plus glorieux de l'antiquité, race grecque, latine ou barbare ne fut riche de héros autant que le sera, Renaud, ta postérité. Leurs noms égaleront les plus célèbres de Sparte, de Carthage et de Rome ; mais, parmi eux, Alphonse, second du nom, le premier par ses vertus, viendra quand le monde, épuisé par la corruption, n'enfantera plus d'hommes illustres. Nul ne saura mieux que lui tenir le sceptre ou l'épée, porter le poids des armes ou le diadème. Il sera la gloire la plus grande et l'honneur de ta famille. Enfant, il signalera sa valeur au sein des jeux, image de la guerre, et sera la terreur des monstres des forêts (cela veut dire qu'Alphonse était grand chasseur et grand jouteur). Vainqueur dans les tournois, il recueillera bientôt, dans des luttes plus sérieuses, des palmes et de nobles dépouilles. Sur sa tête brilleront tour à tour des couronnes de chêne, d'olivier ou de laurier. Dans un âge plus mûr, il se couvrira d'une gloire nouvelle en maintenant le calme et la paix au sein de ses États, qu'entoureront des voisins puissants et belliqueux. Il fera fleurir les arts; il encouragera le génie et ordonnera de pompeuses et magnifiques fêtes. Avec une justice égale, il distribuera les récompenses et infligera les châtiments et sa prévoyance le rendra maître des événements les plus reculés. Ah ! si dans ces jours à venir, il arrivait qu'Alphonse s'armât pour venger les temples et les autels profanés, quelle juste et terrible vengeance n'accomplirait-il pas contre le prophète redoutable et ses impurs sectateurs! En vain le Turc et le Sarrasin lui opposeraient leurs hordes innombrables. Il porterait la Croix, l'aigle blanc de Ferrare et les lys d'or au delà de l'Euphrate, à travers les cimes glacées du Taurus, au sein de ces Empires où le soleil ne se couche jamais ; le Nil, en ses sources ignorées, voudrait en vain se dérober à ses coups et les noirs habitants de ces rivages seraient forcés d'adorer le vrai Dieu ».

On comprend assez que le poète espérait

être payé, après de pareilles hyperboles, par quelques dons généreux. Or, Alphonse d'Este se croyait quitte vis-à-vis du poète en lui fournissant, outre cet *ozio letterato*, cette vie de loisirs consacrée à l'étude, la table, le logement et les honneurs sans aucune astreinte au service. C'est que dans toutes les petites cours du XVIe siècle, il était de règle que les gens de lettres partageassent leur temps entre leur plume et le service du prince. Ces ducs, ces marquis n'étaient pas très riches et n'aimaient pas les bouches inutiles. Point de bénéfices sans charges. Les lettrés se voyaient souvent confier des missions diplomatiques. Des gens comme Boïardo, Bernardo Tasso, Pandolfo Collenuccio, Rucellai, le Trissin, Bibbiena, Guarini, Annibal Caro, Claudio Tolomei et bien d'autres, furent tous chambellans. Arioste lui-même servit longtemps de secrétaire au cardinal Hippolyte d'Este, fondateur de la célèbre villa de Tivoli. Le duc Alphonse Ier le nomma commissaire dans la province de Garfagnana où le grand écrivain déploya de réelles qualités d'administrateur.

Or, jamais Tasse n'aurait songé à s'employer au service de son prince. Uniquement occupé à vivre au milieu d'une société de cour, il ne se doutait pas que c'était très beau de la part de son patron, sans cesse en dépenses de guerre, en délicatesse avec Venise, Milan ou la Toscane et en expéditions contre les Hongrois, de le nourrir sans rien faire, disons le mot, et en lui payant même une pension mensuelle. Mais le pauvre Torquato n'envisageait pas la question sous cet angle. Ayant fait un beau poème, ayant célébré le duc de Ferrare dans la *Jérusalem délivrée*, il était tout étonné de ne pas recevoir les cadeaux auxquels il avait droit, croyait-il. Aussi, sans penser à l'Arioste que ses charges ne détournèrent pas cependant d'écrire *Roland le Furieux*, œuvre pour laquelle le père du duc actuel n'avait donné d'ailleurs aucune gratification, Tasse, outré de ce que la reconnaissance d'Alphonse II ne se manifestait que par des compliments et des éloges, alors que des espèces sonnantes eussent tellement mieux fait son affaire, Tasse écrivait à un de ses amis de Rome : « Mon Dieu, le duc est très bon pour moi, c'est vrai ! mais je voudrais des fruits et non des fleurs : *vorrei frutta e non fiori !* »

Avec sa nature si exaltée et la maladie aidant, car Tasse était d'une santé très délicate et souffrit constamment de l'estomac et des entrailles, le poète en arriva vite à se croire lésé et à penser que le duc lui portait de jour en jour moins d'intérêt. Il songea donc à quitter furtivement Ferrare puisque ses mérites n'y étaient plus reconnus, et à se transporter en Toscane, à la cour des Médicis dont la rivalité avec la cour de Ferrare s'exerçait en toutes occasions et qui avaient fait au poète des offres tentantes.

Les négociations entamées en son nom par son ami Scipion de Gonzague n'aboutirent pas. Mais le duc d'Este qui n'aimait pas à voir passer à d'autres maîtres les gens de sa maison, finit par être informé des intentions de Tasse et cette ingratitude d'un homme qu'il avait comblé de bienfaits, payé, après tout, largement, et pour ainsi dire aidé à vivre, l'irrita vivement.

Dès lors, sa faveur décrut. Les années de 1576 à 1580 se passèrent pour Torquato à errer de Vicence à Padoue, de Venise à Bologne, de Rome à Florence et à Sienne. C'est également depuis cette époque qu'il donna des signes certains de dérangement cérébral ; ils se manifestèrent par des troubles, des hallucinations et la crainte perpétuelle qu'on ne fomentât sa perte, qu'on ne l'empoisonnât.

Nul doute que la défaveur du duc de Ferrare n'ait, du reste, aggravé le mal. Esprit inquiet et ombrageux, Tasse voyait partout des embûches, redoutait qu'on ne l'emprisonnât et veillait si jalousement sur ses papiers qu'à peine osait-il quitter sa chambre. Ces angoisses continuelles assombrirent de plus en plus son caractère et il tomba dans une noire mélancolie.

Il croit s'apercevoir un jour qu'on a forcé son secrétaire et que ses papiers ont été fouillés. Ses soupçons se portent sur un certain Ercole Fucci, homme de condition bien inférieure à la sienne. Le rencontrant une après-midi dans une des cours du palais ducal, il se met à l'accuser et à le traiter de voleur. L'autre lui donne un démenti formel et l'envoie promener insolemment. Torquato se fâche, le soufflette et le provoque en duel. Mais au moment où Tasse étant sorti du palais, va pour traverser la place, il se trouve arrêté par Fucci qui, aidé de son frère Maddalo, lui donne une violente bastonnade. Sur l'ordre du duc, les coupables durent quitter Ferrare et il importe de remarquer qu'en cette occasion Alphonse II fit tout ce qu'il put pour venger le poète et punir ses agresseurs (décembre 1576).

Mais cette attaque ne fit qu'aggraver l'hypocondrie de Torquato qui devint peu à peu un fou dangereux, comme nous allons le voir.

Au mois de juin de l'année 1577, notre poète se trouvait dans une salle du château de Ferrare, auprès de la duchesse d'Urbin, Lucrèce d'Este, sœur du duc Alphonse, et dont je parlerai peu après. Il lui exposait les scrupules religieux que lui valaient les vers de sa *Jérusalem* qu'il venait de soumettre à la censure ecclésiastique, et il s'insurgeait contre la critique de l'Église qui lui demandait d'en retrancher les éléments profanes, c'est-à-dire toute la grâce et toute la poésie. Entre temps, il s'ouvrait à la sœur du duc de Ferrare de la crainte qu'il avait d'être tué par ses ennemis, et la princesse, qui lui portait beaucoup d'intérêt et l'écoutait avec patience, s'efforçait de calmer les scrupules, les craintes et les soupçons du poète. Tout à coup, irrité par la présence d'un valet, posté là pour examiner ses agissements, car il était déjà mis en surveillance pour son exaltation, Torquato se précipite sur lui et le frappe d'un poignard.

Prévenu de cet esclandre, Alphonse, qui

était dans son habitation de Belriguardo, aux environs de Ferrare, fait enfermer Torquato dans une prison du château ; puis au bout de deux jours, il le conduit à la villa ducale de Belriguardo, afin que l'absence de tout souci, le bon air de la campagne et l'aimable société qui s'y trouvait réunie, ramènent un peu de calme dans l'esprit troublé de Torquato.

Mais quelques jours à peine s'étaient écoulés lorsque Tasse eut la fantaisie de retourner à Ferrare et de se rendre au couvent de Saint-François où il serait, pensait-il, à l'abri des ennemis qu'il imaginait acharnés à le perdre.

Les pères franciscains ne voulurent pas prendre la responsabilité de la garde d'un hôte aussi dangereux. Tasse ne resta que quelques jours au couvent, après quoi on le ramena dans l'appartement qu'il occupait au château ducal et on préposa à sa garde deux serviteurs du duc.

Mais dans la nuit du 26 au 27 juillet 1577,

le poète, trompant toute surveillance, réussit à passer de sa chambre dans celle contiguë d'un officier de cour absent, et à s'enfuir. Le duc fit vainement courir après lui. Torquato, se dissimulant pendant le jour dans les vignes ou les bois, dépista toutes les recherches.

A la fin d'août 1577, après des fatigues sans nombre et une marche des plus pénibles en traversant Sulmona et Gaëte, il arrivait par mer à Sorrente sa ville natale, revêtu d'habits sordides, dans le dénûment le plus complet. Là il fut accueilli avec empressement par sa sœur, Cornélia Sersale. Les bons soins qu'elle lui prodigua, la tranquillité du séjour rétablirent la santé et apportèrent un peu de calme à l'esprit de Torquato. Mais cette amélioration ne fut pas de longue durée. Le poète se tourmentait beaucoup du sort des papiers et des poèmes qu'il avait laissés à Ferrare. Il écrivait à Rome lettres sur lettres au cardinal Albano et à son ami Scipion de Gonzague en les priant d'intercéder auprès du duc Alphonse II et d'obtenir son pardon. Il allait même jusqu'à se reconnaître coupable de soupçons injurieux à l'égard de son bienfaiteur. Le duc de Ferrare finit par répondre qu'il donnerait de nouveau l'hospitalité à Tasse pourvu qu'il se laissât soigner sagement par les médecins. Il ajoutait que si le poète voulait recommencer les scènes et les difficultés passées, alors il prétendait ne plus s'occuper de lui et ne voulait pas le recevoir.

Torquato accepta avec enthousiasme les conditions formulées par le duc et jura de s'y soumettre. Il rentra à Ferrare auprès d'Alphonse qui lui rendit ses appartements au château (avril 1578). Mais le poète se plaignit bientôt d'un changement du prince à son endroit. Il trouva qu'on ne lui témoignait plus les mêmes égards que par le passé; et il mettait cette froideur ducale, imaginaire bien entendu, sur le compte d'une persécution générale tramée contre lui par les courtisans de Ferrare désireux de le perdre.

Dieu sait pourtant que ces derniers, tout comme leur maître, n'avaient, à l'endroit du pauvre fou, qu'indulgence et pitié! L'un d'eux, qui était ministre d'Alphonse, que Torquato avait, plusieurs années avant, accusé de le dénoncer à l'Inquisition et que Gœthe a montré faussement animé de jalousie à l'endroit du poète, Montecatino, écrivait à un ami : « J'avais grande compassion de son état, je cherchais tous les moyens de courtoisie et de politesse capables de le faire revenir de ses soupçons imaginaires; et pour peu qu'il l'eût voulu, j'étais prêt, malgré ses injures passées, à lui rendre toute ma bienveillance et mon amitié. »

Sur ces entrefaites, Tasse s'était mis à écrire et à composer. Il adressait aux cousines du duc, Bradamante et Marfise d'Este, des sonnets à l'occasion de la mort de leur père, ou bien il corrigeait les chants de la *Jérusalem*. Cependant le duc, conseillé par les médecins, recommandait au poète de ne pas se fatiguer, de laisser son esprit en repos, et pensant user du plus sûr moyen de l'empêcher de travailler, feignait, tout en lui continuant sa faveur, de ne plus goûter les vers que le poète lui présentait. Mais le malheureux ne vit dans la conduite du duc qu'une machination ourdie par le ministre Montecatino, jaloux, sans nul doute, de sa gloire poétique.

Il s'enfuit une seconde fois au mois de juin 1578, et parcourut au hasard l'Italie, cheminant le plus souvent à pied et vivant presque d'aumônes. Il séjourna ainsi à Mantoue, à Padoue, à Venise, à Pesaro, à Urbin ; il erra dans les campagnes du Piémont et, à la fin de septembre, il arrivait aux portes de Turin, dans un état si lamentable et dans un équipage si misérable, qu'on l'aurait arrêté comme vagabond si un lettré vénitien, du nom de Angelo Ingegneri, avec lequel il s'était lié à Rome en 1575, n'était venu à passer par là et, reconnaissant le malheureux poète, ne l'avait pris sous sa protection.

Ingegneri, touché de compassion, parla de Torquato à Philippe d'Este, marquis de S. Martino in Rio, cousin du duc de Ferrare, gendre d'Emmanuel Philibert de Savoie dont il avait épousé la fille naturelle et capitaine général de la cavalerie piémontaise. Philippe accueillit avec bonté Torquato et le duc de Savoie se montra aussi très bienveillant pour lui, ainsi que son fils Charles-Emmanuel. Tasse, recouvrant donc une certaine tranquillité d'esprit, se remit au travail une fois de plus. Il composa pour la marquise Marie d'Este une chanson charmante où il célébrait sa grâce, après l'avoir vue danser dans une fête de la cour. En même temps il écrivait trois dialogues : *della Nobilta, della Dignita, della Precedenza*, qui sont parmi les meilleurs qu'il ait donnés.

Pourtant au milieu de janvier 1579, la nostalgie de Ferrare l'ayant repris, il quittait Turin à l'improviste et gagnait le duché, non sans s'être fait précéder d'une lettre où il annonçait au duc Alphonse qu'il se plierait à tous les soins que celui-ci voudrait lui faire donner.

Torquato arrivait à Ferrare au moment où Alphonse II, marié en premières noces à une princesse de Médicis, en secondes à Barbara d'Autriche, donnait de grandes fêtes à l'occasion de son troisième mariage avec une enfant de quinze ans : Marguerite de Gonzague (21 février 1579). Le poète eut beau se nommer, rappeler aux gens de sa connaissance qui il était, personne ne fit attention à lui. Le duc refusa de le voir. Mais laissons ici la parole à l'historien de Tasse, M. Angelo Solerti : « Dans la soirée du mercredi 11 mars, Torquato sort de sa demeure. Tout Ferrare en fête accroît son trouble, qui se change bientôt en accès de colère. Il se rend au palais de Cornelio Bentivoglio où il ne trouve que des dames : Isabelle Bendidio, sa sœur Lucrèce et ses filles Louise et Marguerite. Leur vue, loin de le calmer, ne fait que l'exciter davantage. Il se répand en propos fulminants contre le duc, sa femme, les princes d'Este, et contre tout le monde. Puis, furieux, il se dirige vers le château ducal : il veut parler à la duchesse, la prier de lui faire rendre ses manuscrits, son poème, son roman, de le sauver de ses ennemis qui le persécutent, l'accusent d'être hérétique, veulent sa mort. Les dames de la cour : la Peperera, la d'Arco, la Cavriani, la Costabili et autres, épouvantées, s'efforcent de le retenir. Mais lui se répand en nouvelles invectives, en nouvelles injures. Du monde accourt. On informe le duc de ce qui arrive. Torquato est porté à l'hôpital Sainte-Anne, à cent pas du château. Là, comme fou, il est mis aux fers ».

Quel traitement subit Torquato à l'hôpital Sainte-Anne ? Il fut placé d'abord dans la section des fous furieux ; mais, quelques jours plus tard, il fut transporté dans un local plus large et plus commode. Le prieur de l'hôpital, un certain Agostino Mosti, l'entoura de soins affectueux, aussi bien que son neveu et successeur, Giulio Mosti : les lettres de Torquato en font foi. Mais jamais on ne l'enferma dans le fameux caveau qu'on montre à Ferrare (caveau réservé aux seuls criminels, dont la légende s'est emparée et dans lequel elle a voulu que le poète ait été jeté).

« A quoi bon, dit M. Cherbuliez[1], à quoi bon se mettre en frais de roman quand l'histoire est si tragique ? Ce qui est certain par ses lettres, c'est que le Tasse fut d'abord détenu dans une étroite et triste cellule qui ressemblait à un cachot, où il endura quelque temps toutes les misères de la plus dure captivité, mal nourri, manquant de linge, privé de tous les soins que réclamait sa santé, privé même des secours spirituels qu'il sollicitait avec la véhémence du désespoir, car, à ses souffrances, à ses appréhensions, était venue se joindre la peur de l'enfer. Toutefois il est également certain qu'on ne tarda pas à le transférer dans un

1. *Le Prince Vitale.*

logement plus salubre et plus spacieux, comme le prouvent ses lettres datées, de son appartement de Sainte-Anne, *dalle mie stanze*. Là il recouvra les commodités de la vie qu'on lui avait d'abord refusées ; il faisait souvent bonne chère et pouvait savourer à son aise les fruits confits et les petites friandises que lui envoyaient de bons pères bénédictins. Dans les moments où il était de sens rassis, *assai in cervello*, il partageait son temps entre ses livres, ses études, les visites que lui rendaient ses amis ou des curieux attirés par le bruit de sa gloire et de ses malheurs. Plus d'une fois on lui permit de sortir pour faire ses dévotions, pour assister à des tournois, à des mascarades. Ne faisons pas d'Alphonse II un tyran de mélodrame. Ce prince hautain se contenta de venger sa majesté offensée en courbant sous le joug de la servitude le front rebelle qui l'avait bravé. Et qu'était-il besoin de recherches de cruauté pour que le Tasse prisonnier se sentît le plus malheureux des hommes ? La maladie, de fréquents accès de fièvre, ses rêves à jamais évanouis, son génie méconnu, les bouillonnements de sa fierté outragée, l'incertitude du lendemain, des bruits lointains de fêtes qui ravivaient dans son cœur le souvenir amer de ses grandeurs et de ses triomphes d'autrefois; avoir aspiré à tout, et un jour, hélas ! tout possédé, et aujourd'hui n'être plus rien, et aujourd'hui vivre dans le mépris et l'abandon à deux pas de ce palais où naguère... Ah ! n'y avait-il pas là de quoi lui faire de Sainte-Anne un enfer ? Aussi, que d'efforts pour en sortir ? Il remuait le ciel et la terre, fatiguait l'air de ses plaintes, faisait présenter des suppliques et des placets à tous les princes d'Italie, aux *seggi* de Naples, au Sénat de Bergame, à l'empereur, au pape. Par moments il se reprenait à espérer, et, son espoir étant déçu, il avait des fureurs à faire trembler, jusqu'à ce que, s'affaissant sur elle-même, cette âme affolée languissait sous le poids de ses infortunes. Alors il pleurait comme un enfant ; saisi d'épouvantes mystérieuses, il se croyait le jouet d'un esprit de ténèbres rôdant sans cesse autour de lui, il ne parlait plus que de sortilèges, d'enchanteurs ; il s'écriait qu'il était victime de quelque noir maléfice et accusait le prieur de l'hôpital d'être d'intelligence avec les magiciens. Et tout à coup, par une réaction singulière de son esprit mobile, il se mettait à raisonner comme un sage, prenait la plume, composait des doctes traités de morale, c'était Platon et saint Augustin, se flattait d'obtenir sa grâce en représentant à Alphonse que, selon Aristote, la justice est universelle ou particulière, se divise en justice distributive et en justice corrective, que, dans l'une comme dans l'autre, on retrouve les proportions géométriques et arithmétiques, et, au demeurant, il soutenait, comme devant, que les nombres et l'harmonie sont le secret des choses, et que tout dans ce monde procède musicalement.

Néanmoins, pendant sept années, le duc tint sous ses pieds sa victime, tour à tour furieuse ou gémissante... Il est dangereux de pousser à bout les Alphonse II. Ces cœurs altiers, dont la dureté naturelle est tempérée par une certaine modération, ne se laissent plus regagner quand on les a trop offensés. Leur provision de patience épuisée, ils ne reviennent pas, et leurs passions ayant alors un faux air de raison, le scrupule n'a pas accès dans leur âme... Lorqu'en 1586, à l'âge de quarante-deux ans, le Tasse fut remis en liberté, il n'était plus que l'ombre de lui-même et en sortant de Sainte-Anne il y laissa deux trésors à jamais perdus pour lui, sa dignité et son génie. »

Montaigne se rendant de Venise à Rome, en 1580, passa par Ferrare qu'il juge ainsi dans son *Journal de voyage* : « La ville est grande comme Tours, assise en un païs fort plein ; force palais ; la plupart des rues larges et droites, fort peu peuplées. »

Il vit le Tasse à l'hôpital Saint-Anne, et dans les *Essais*, il s'exprime ainsi : « Infinis esprits se treuvent ruinez par leur propre force et soupplesse. Quel sault vient de prendre de sa propre agitation et allégresse, le plus judicieux, le plus délicat, le plus formé à l'aise de cette bien antique, naïfve et pure poésie, qu'autre poète italien aye jamais esté? N'a-t-il pas de quoy scavoir gré à cette sienne vivacité meurtrière? à cette clarté qui l'a aveuglé? à la curieuse et laborieuse question des sciences, qui l'a conduit à la bêtise? à cette rare aptitude aux exercices de l'âme qui l'a rendu sans exercice et sans âme? »

Et après ces considérations élogieuses, Montaigne conclut : « J'eus plus de despit encore que de compassion, de le voir à Ferrare en si piteux estat, survivant a soy-mesmes, ne recognoissant et soy et ses ouvrages; lesquels pour son sceu, et toutesfois à sa veuë, on a mis en lumière incorrigez et informes ».

CHAPITRE III

LA JÉRUSALEM DÉLIVRÉE ET L'EXISTENCE SENTIMENTALE DE TASSE.

Il importe d'interrompre un moment le récit de la vie de Tasse pour dire quelque mots de la *Jérusalem*, des épisodes amoureux qui s'y trouvent et enfin de la vie sentimentale de Torquato.

Torquato avait été enfermé dans l'hospice Sainte-Anne au mois de février de l'année 1579. Ce fut un an après son internement que parut la *Jérusalem délivrée*.

On se souvient que ce poème avait été achevé en 1575. Mais Torquato n'avait pas cessé, depuis lors, de corriger les divers chants qui le composaient. Lorsqu'il fut interné, il était évident que le poète n'avait pas mis la dernière main à son œuvre et qu'elle ne lui semblait nullement apte à voir le jour encore, du moins sans retouches.

Et il arriva que la *Jérusalem* parut à Venise en 1580 et qu'elle fut imprimée sur un manuscrit dérobé au poète pendant sa captivité. Tant qu'il avait été libre, Tasse s'était formellement opposé à toute publication. Il craignait les censures ecclésiastiques et les critiques du Conseil que l'Inquisition romaine avait préposé à la révision du texte poétique. Or presque aucun passage n'avait trouvé grâce aux yeux du sacré tribunal, et Tasse, à force de raturer, avait pris le parti de tout refaire quand le livre vit le jour. Tel qu'il était il excita l'admiration universelle.

Voyons rapidement le sujet:

C'était la prise de Jérusalem par les Croisés, sous les ordres de Godefroi de Bouillon. La nouveauté du récit provenait du merveilleux, tiré à la fois de la religion qui fait mouvoir les héros et de la mythologie médiévale qui a nom : Magie. Dieu et les intelligences célestes, ministres de ses ordres, sont les protecteurs de la sainte entreprise; les anges de ténèbres travaillent à y mettre obstacle. Le ciel, l'enfer et la terre concourent à l'action poétique.

Celle-ci est à peine commencée qu'Armide, nièce et élève du magicien Hidraot, roi de Damas, pénètre dans le camp des chrétiens, met le feu à leurs tentes et jette dans les fers l'élite des chefs de l'armée. Renaud, le héros qui représente Alphonse d'Este, seul a résisté. Irritée de son opposition, Armide lui tend des embûches où elle réussit à l'attirer. Elle lui réserve la mort, mais au moment de le frapper, la beauté de Renaud la touche, la désarme et l'enflamme. Armide n'a plus recours à son art que pour enchaîner et retenir le guerrier par les nœuds de l'amour et de la volupté dans une île enchantée, aux confins du monde. Le départ de Renaud livre les chrétiens aux infidèles.

Cependant le héros, arraché aux enchantements d'Armide, revient parmi les siens. Son retour amène la victoire. Jérusalem est prise après un terrible assaut.

Dans l'œuvre toute entière, l'intrigue est travaillée avec un art infini. Il faut lire ce poème où les événements découlent les uns des autres avec tant de naturel et de clarté. Çà et là des épisodes charmants. Celui de Tancrède et Herminie, d'Olinde et Sophronie, de Clorinde et de son meurtrier, animent le récit et ne le ralentissent jamais.

La diversité des nations, des religions, des usages, offre au poète une grande variété de portraits et de caractères. Chez les chrétiens, le pieux, brave et prudent Godefroi de Bouillon, chef de l'expédition, le brillant et impétueux Renaud, l'intrépide et vaillant Tancrède, attirent d'abord l'attention. Après eux, Guelfe, Raymond de Toulouse, Baudouin et Eustache, Odoard et Gildippe, — les deux époux qui trouvent la mort ensemble sur le champ de bataille —, Roger,

Othon, les deux princes Robert, offrent autant de types intéressants à divers degrés.

Du côté des infidèles, c'est Aladin et son vieil enchanteur Ismen ; c'est Clorinde, le farouche Argant et Soliman ; c'est la tendre Herminie soupirant pour le chrétien Tancrède; la redoutable Armide que l'amour unit à Renaud, et qui, après le retour de celui-ci vers les chrétiens, traîne une existence désemparée, jusqu'à ce qu'au lendemain de la prise de Jérusalem, le héros de son cœur lui rende la vie avec son amour.

L'armée d'Égypte, qui paraît à la fin du poème, fournit encore de nouveaux caractères parmi lesquels on distingue ceux d'Adraste et de Tissapherne.

Ces héros tiennent des discours fort éloquents. Tasse imite à la fois Homère et Virgile. Mais les sentiments qui animent ses personnages sont tout modernes. Les croisés ne sont pas des preux du XIe siècle et il ne faut pas chercher ici de couleur historique. Le Tasse lutte de génie avec Arioste. Il possède le talent de la description au suprême degré. Dans le tableau des jardins magnifiques d'Armide, dans le portrait de l'enchanteresse, il égale les plus belles pages de l'auteur de *Roland furieux*. Ses chants s'émaillent de traits sublimes, ses peintures décèlent une grâce et une fraîcheur exquises. Personne ne narre comme lui les batailles, ou ne décrit plus excellemment les combats singuliers. Comme on l'a dit fort justement : « Dans tout combat il fait briller un personnage principal et sème des détails touchants à travers ces scènes sanglantes. »

Le critique anglais Hallam[1] a parfaitement jugé la *Jérusalem* quand il écrit : « Cette œuvre est, à proprement parler, la grande épopée des temps modernes. Sous le rapport de la variété des événements, des changements de scènes et d'images, et de la nature des sentiments qu'elles éveillent dans l'esprit du lecteur, nous ne pouvons placer l'*Iliade* sur le même rang que la *Jérusalem*.

1. *Introduction à la littérature de l'Europe pendant les XVe, XVIe et XVIIe siècles.*

« L'unité manifeste du sujet et le séjour continu des croisés sous les murs de Jérusalem donnent encore au poème du Tasse une cohérence, un ensemble qui manquent à celui de Virgile. Chaque incident y est à sa place : on s'attend au triomphe des chrétiens, mais on reconnaît la probabilité et l'influence des événements qui le retardent. Quant aux caractères des personnages qui doivent être à la fois naturels, distincts et originaux, Tasse est inférieur à Homère, et peut-être à quelques autres poètes épiques et romanciers. On trouve dans ses portraits quelques indices de l'époque où il écrivait : il leur manque quelque chose de cette fidélité à la nature, de cette vérité, à l'aide de laquelle le poète, comme le peintre, donne la vie aux créations de son imagination. Cependant, c'est encore ici que Tasse déploie la douceur et la noblesse de son âme, et un sentiment délicat de la beauté morale.

« Sa diction est un objet d'admiration continuelle ; elle a rarement de l'enflure et de la dureté ; et quoiqu'elle soit plus figurée que celle de l'Arioste, elle est encore, sous ce rapport, si loin du style de la plupart de nos propres poètes ou de ceux de l'antiquité qu'elle nous paraît simple. Virgile, à qui on compare le plus volontiers Tasse, a bien plus de vigueur mais pas plus de grâce. Cependant la grâce du Tasse est souvent artificielle et les traces de la lime sont trop sensibles dans la perfection même du langage. Il n'est presque pas de stance qui ne renferme des vers d'une beauté supérieure ; et l'on trouvera dans la *Jérusalem* des séries de plusieurs pages où, sans prétendre peser le style dans les balances de l'Académie de Florence [1], je ne pense pas qu'on rencontre un vers faible et une expression impropre. S'il est vrai que, dans notre comparaison des arts, la diction poétique corresponde au coloris, aucun des maîtres de l'école vénitienne ne saurait nous représenter la simplicité,

1. Qui jugeait l'œuvre mal écrite et de nul intérêt. Cf. *Solerti, Vita di Tasso*, pp. 413 et suiv.

l'éloignement pour tout ornement de langage qui caractérisent le *Roland furieux*; et il serait impossible, pour d'autres raisons, de chercher un point de comparaison entre les maîtres romains et toscans. Il n'en est pas de même à l'égard de Tasse : il y aurait sans doute de l'affectation à l'appeler le fondateur de l'école de Bologne; mais il n'en est pas moins évident qu'il eut une grande influence sur les principaux peintres de cette école, qui le suivirent de près. Ils se *pénétrèrent de l'esprit d'un poème* si bien adapté à leur époque et si vivement admiré. Il est impossible, selon moi, de contempler leurs ouvrages sans remarquer à la fois et l'analogie du rang qu'occupe chacun d'eux dans son art respectif, et les traces d'un sentiment emprunté directement à Tasse, qui est leur prototype et leur modèle. On reconnaît son esprit dans les bosquets ombragés et les formes voluptueuses d'Albane et de Dominiquin, dans la beauté pure qui rayonne des têtes idéales de Guide, dans la composition habile, le dessin correct, l'expression noble des Carrache. Cependant nous ne voyons, dans l'école de Bologne, rien qu'on puisse assimiler à la grâce enchanteresse et à l'harmonie générale de Tasse ; et sous ce rapport il nous faut remonter jusqu'à Corrège pour trouver son représentant ».

Herminie, Sophronie, Gildippe, Clorinde, Armide : ces noms d'héroïnes émaillent à chaque page l'œuvre de Tasse et apportent au récit un charme des plus doux. C'est que le génie du poète, d'essence foncièrement lyrique, introduit, tout au long de l'entreprise héroïque et guerrière, le souvenir des fêtes et les pompes auxquelles il avait plus d'une fois coopéré à la cour de Ferrare. Et puis, il faut bien le dire, Torquato aimait l'amour et lui donnait une large place dans sa vie. N'est-ce pas l'amour qui lui suggère, au milieu des récits de bataille, la délicieuse idylle d'Herminie chez les Bergers ? n'est-ce pas l'amour qui, dans un poème destiné à chanter les souffrances, l'héroïsme et l'ardeur des soldats du Christ, accorde une importance aussi considérable à la passion romanesque qui fait soupirer Herminie pour Tancrède, Tancrède pour Clorinde, Renaud lui-même, Achille doublé d'un Adonis, pour la magicienne Armide, et permet de voir dans la *Jérusalem* autant un roman de tendresse qu'une épopée historique ?

Dans sa jeunesse, en effet, le poète fut constamment amoureux. Les nombreux et tendres vers qu'il a laissés en témoignent assez. Ils sont adressés tantôt à Lucrezia Bendidio, dame d'honneur de la princesse Léonore d'Este et l'amante du cardinal Louis ; tantôt à Laura Peperara, riche mantouane, qui avait épousé un seigneur de Ferrare. Il adressa aussi d'ardents sonnets aux deux joyaux de la cour de Ferrare, deux très grandes dames : Leonora Sanvitale, comtesse de Scandiano, et sa belle-mère, Barbara Sanseverino, comtesse de Sala. C'est en pensant peut-être à cette dernière qu'il composa une de ses odes les plus célèbres, dans laquelle, apostrophant une brune suivante de la comtesse, il lui déclare qu'il n'ose élever les yeux jusqu'à sa maîtresse, mais qu'il s'adresse à elle, comme à une émanation de la grande dame qu'elle sert. Il la supplie de ne pas témoigner à sa passion la froideur que Mme de Scandiano témoigne à l'amour et de se montrer plus douce que son indifférente patronne. Sans doute en écrivant ces vers, Tasse poursuivait un double but : tout d'abord célébrer le dédain de la comtesse pour d'illustres amants,

ed estingua
Gl' illustri amanti il suo superbo sdegno,

— allusion certaine aux courtisans de cette très jolie femme, parmi lesquels le duc venait en premier lieu — ; ensuite conquérir pour son propre compte les bonnes grâces de la suivante, faisant ainsi, comme on dit vulgairement, d'une pierre deux coups.

Quant à Léonore d'Este pour laquelle, suivant la légende, Tasse aurait soupiré et qui l'aurait même payé de retour, d'où l'internement du poète à l'hôpital Sainte-Anne, sur l'ordre du duc irrité, jamais Torquato ne lui adressa le moindre sonnet d'amour. Au surplus, cette princesse, sans cesse maladive, ne parut presque pas dans les fêtes qui se donnaient au château ducal. C'était du reste une personne d'esprit pratique, et que la poésie n'intéressait guère, comme on s'en convaincra dans un instant.

Ainsi doit tomber aujourd'hui la supposition erronée d'un amour malheureux dont cette princesse aurait été victime. On se demande d'ailleurs comment une croyance aussi mal fondée put prendre naissance. Voici une princesse d'une des cours les plus magnifiques d'Italie, dans le magnifique XVIe siècle. Elle naît, elle vit, elle meurt sans être mariée : Léonore d'Este. Les historiens en parlent à peine ; les chroniqueurs se bornent à enregistrer le jour de sa mort et le lieu de sa sépulture. Les récits, les poésies, les relations des fêtes du temps ne la mentionnent qu'à peine et souvent même n'en parlent pas. Et pourtant, peu à peu, cette même Léonora d'Este devient, de par on ne sait quelle légende, le type de ces dames chez lesquelles l'honnêteté ne se laisse pas vaincre par l'amour. On arrive insensiblement à la voir sous les traits de *Sophronie*, tandis qu'Olinde personnifie Torquato dans l'épisode du chant deuxième de la *Jérusalem*.

Voici quel est cet épisode :

Une image de la Vierge placée dans le temple musulman, et devant laquelle Ismen, l'enchanteur d'Aladin, célèbre des rites magiques afin de profaner l'image chrétienne pour avoir la victoire et se rendre ainsi Mahomet propice, a disparu une nuit. Aladin, furieux, impute aux chrétiens ce larcin et cet outrage ; il ordonne, après des recherches faites dans toutes les maisons chrétiennes de Jérusalem, un massacre général des adeptes du Christ. Afin de sauver ses frères menacés, Sophronie, jeune fille chrétienne du plus haut mérite et d'une grande beauté, se présente au sultan et se déclare coupable du larcin. Aladin, transporté de fureur, la condamne au bûcher, quand un jeune chrétien, Olinde, qui aime la jeune fille, accourt et se déclare coupable à son tour, en jurant que Sophronie n'est pas l'auteur du vol de l'image pieuse. Cet aveu ne persuade pas Aladin qui prononce la mort des deux jeunes gens. On allume le bûcher sur lequel ils sont enchaînés ensemble, quand l'intervention de Clorinde, fille du roi des Perses, les sauve. Clorinde dit au Sultan que l'image miraculeuse a été enlevée par Mahomet, ne voulant pas d'idoles chrétiennes dans une mosquée.

Le Tasse retrace en ces termes le portrait de la jeune fille :

« Sophronie, par l'élévation de son caractère et sa beauté rare, était digne d'une couronne. Insouciante de ses perfections et de ses charmes, elle ne les considérait que comme les accessoires de la vertu. Modeste autant que pure, elle fuyait les louanges ; seule et négligée, elle se dérobait aux regards de ses admirateurs et cachait ses attraits dans les murs d'une humble demeure. Mais quel rempart peut cacher toujours une vierge digne de plaire et d'être aimée ? Amour, tu ne le permets pas ! Tantôt aveugle, tu couvres tes yeux d'un bandeau ; tantôt Argus vigilant, tes yeux embrassent tout ! Tu révélas cette beauté aux tendres vœux d'un jeune homme.

« A travers mille obstacles, au fond de cette retraite inconnue, tu laissas pénétrer ses avides regards. Olinde est le nom de ce mortel. Ainsi que Sophronie, il est né dans la Cité Sainte et adore le Dieu des Chrétiens.

« Timide autant qu'elle est belle, il désire beaucoup, espère peu, ne demande rien. Il ne sait ou n'ose pas lui avouer son amour, et Sophronie ne voit pas ses feux, ne veut pas les connaître ou rejette ses hommages. Ainsi l'infortuné est secrètement consumé d'une flamme sans espérance. »

On voulùt absolument que ce portrait de Sophronie représentât Léonore d'Este. Pureté de cœur, hauteur de sentiments, générosité, sensibilité, délicatesse d'âme : la princesse d'Este eut toutes ces vertus à un haut degré et sans preuve aucune. Pleine d'esprit, instruite et cultivée et, par là, des plus capables d'apprécier et d'aimer le génie, elle aurait gardé, enclose au fond de son âme toute l'étendue d'un amour qu'elle n'avoua pas et dont elle ne témoigna jamais rien au dehors. Telle fut la Léonore idéale, la Léonore que peignit l'Agricola, que sculpta Canova, la Léonore de rêve qui aima Tasse sans espoir et que Tasse adora au point d'en perdre l'esprit.

Or voyons la Léonore de la réalité. La vie de cette princesse fut triste et sacrifiée à cause de la menace perpétuelle d'une maladie de cœur dont elle ressentit presque constamment les atteintes. Cette prétendue amante de Tasse, née en 1537, morte en 1581, supporta d'ailleurs héroïquement un mal qui la tint sans cesse à l'écart de la cour de Ferrare. Forte de caractère, elle donna des preuves d'énergie en prenant en mains les rênes du gouvernement ducal, quand son frère Alphonse, de 1574 à 1575, se rendit en Autriche auprès de l'archiduc dont il avait épousé la sœur, Barbara, sa seconde femme. Pendant ce séjour il obtint d'être élevé à la dignité de duc de l'Empire. Léonore, en l'absence de son frère et aidée de son oncle, don François d'Este, s'acquitta de sa tâche de régente à la satisfaction de tous. Eu égard aux coutumes du temps et aux mœurs d'une cour affolée de plaisirs, elle fut sans doute la plus vertueuse des princesses d'Este, au XVIe siècle, et Tasse a fort bien pu la peindre sous les traits de Sophronie, tout en ne se portraiturant nullement sous ceux d'Olinde.

Du reste, à force de s'abstenir des plaisirs mondains et de la vie de la cour, en raison de sa mauvaise santé et de sa maladie de cœur, Léonore finit par ne plus éprouver de satisfaction d'y participer. L'existence presque monacale qu'elle fut obligée de mener en fit un excellent administrateur dont toute l'activité, toutes les aptitudes s'employèrent à gérer le patrimoine de son frère Louis, le cardinal, qu'elle aimait tendrement, malgré les débordements de ce prince de l'Église qui n'avait jamais eu la vocation ecclésiastique et que les siens, néanmoins, poussèrent dans cette voie par cupidité.

Au point de vue des Lettres et de la culture, dans la protection des Sciences et des Arts, Léonore fut inférieure à sa sœur Lucrèce, duchesse d'Urbin.

Cette dernière ne put s'entendre avec son mari François-Marie de la Rovère, qu'elle épousa en 1570. Elle avait à ce moment trente-sept ans, le prince dix-neuf à peine. Cette union fut malheureuse. Le mari, un mois après son mariage, quitta Ferrare où il laissait sa femme qui ne partit pour Urbin que l'année suivante. Une union ainsi commencée fut lamentable. Lucrèce vécut pour ainsi dire toujours éloignée du duc d'Urbin, demeurant presque constamment à Ferrare où elle noua des intrigues sans nombre jusqu'à sa mort survenue en 1598.

Fort lettrée, aimant la poésie, elle témoigna au Tasse un intérêt soutenu. Mais le poète, qui la célébra plusieurs fois dans des odes enthousiastes, n'aurait jamais osé lever les yeux vers une dame d'un si haut parage, dont les amants, — car Lucrèce ne fut guère sage, et après tout, mal mariée comme elle l'était, ses écarts sont excusables, — dont les amants, dis-je, appartenaient aux premières et plus puissantes familles de Ferrare : un marquis Contrari ou un Montecuccoli.

Quelle figure aurait fait, je le demande, à côté de ces illustres seigneurs, un poète comme Tasse, de bonne naissance sans doute, mais qui, aux gages du duc de Ferrare, jouait un trop petit rôle, n'avait que trop peu d'importance à la cour, pour attirer l'attention d'une femme avide d'honneurs et fière de son rang comme l'était Lucrèce ?

Cette princesse fut vraiment une dame de la Renaissance. Adorant le luxe et l'art, elle protégea les artistes et se plut souvent à avoir auprès d'elle le plus grand poète du temps : Torquato Tasse. Et c'est pourquoi, ce ne sont pas à Léonore que s'adressent les vers les plus chauds de son *canzoniere* ou les louanges les plus hautes de ses poèmes, mais bien à Lucrèce d'Este, duchesse d'Urbin.

Léonore ne s'occupa jamais du poète, sauf une fois, en 1576, au moment de l'apparition des premiers troubles mentaux de Tasse. Elle l'emmena quelques jours à sa villa de Consandolo, afin de lui procurer quelques distractions. C'était peu vraiment ! Enfermée comme elle l'était dans un cercle étroit d'occupations pratiques et mesquines, dans son rôle de médiatrice entre ses deux frères, Alphonse et le cardinal Louis, qui se détestaient et étaient toujours en litige pour des questions d'intérêt, cette princesse ne témoigna jamais non plus le désir de s'intéresser à l'existence mondaine et à l'art qui faisaient, à cette époque, la gloire et la splendeur de Ferrare. De sorte qu'en dernière analyse, l'idéale Léonore d'Este, l'amante prétendue et la protectrice légendaire de Tasse, ne ressemblait en réalité ni à une dame, ni à une princesse du XVIe siècle !

CHAPITRE IV

DERNIÈRES ANNÉES DE LA VIE DE TASSE

Nous avons laissé le poète enfermé comme fou à l'hôpital Sainte-Anne. Le malheureux trouvait les jours d'autant plus longs à s'écouler que sa folie avait des intervalles lucides, durant lesquels il pouvait juger son propre état et comprendre toute la misère de sa condition.

Torquato ne cessait de réclamer du duc Alphonse sa liberté. Il s'adressait aussi aux princes italiens, aux cardinaux influents, au Pape même pour obtenir son élargissement. Ces lettres étaient souvent interceptées par Alphonse d'Este, qui continuait à faire la sourde oreille. Ce ne fut qu'en 1586, sur les instances de son propre beau-frère, Vincent de Gonzague, qu'il consentit à ouvrir à Tasse les portes de Sainte-Anne

Le poète avait à cette époque quarante-deux ans ; il laissait dans sa prison deux trésors désormais irrécouvrables, son talent et sa fierté.

Le premier acte du malheureux, quand il se trouva hors de l'asile Sainte-Anne, fut de désavouer publiquement la *Jérusalem délivrée*, imprimée sans son autorisation, et qu'il prétendait contraire à l'esprit de l'Église ou susceptible de l'exposer aux coups de l'Inquisition.

Il oubliait, l'infortuné, que, moins d'une année auparavant, il avait composé, dans sa prison même, une apologie de cette même *Jérusalem délivrée*, dans laquelle il réfutait les critiques haineuses que l'Académie Florentine della Crusca avait adressées à cet ouvrage. Il se mettait presque de suite alors à composer une *Jérusalem conquise*, sur le plan tracé par les Inquisiteurs, et il espérait faire oublier par ce nouveau poème son chef-d'œuvre qui n'avait pas eu moins de sept éditions déjà !

« Puisse ma nouvelle trompette aux sons angéliques, disait Torquato dans l'invocation de sa nouvelle œuvre, réduire au silence celle dont le fracas remplit encore le monde ».

Hélas ! Il se trompait cruellement ! *La Jérusalem conquise*, poème en vingt-quatre chants, tombée dans un oubli mérité, n'est qu'un faible écho du poème dans lequel il avait dépensé toute la verve de sa jeunesse. Elle parut seulement en 1593, en même temps que deux poèmes religieux : *les Larmes de Jésus* et *les Larmes de Marie*, écrits durant sa captivité et tous deux parfaitement négligeables ! On peut en dire autant de l'épopée sur la Création intitulée : *le sette Giornate*, qui parut à Viterbe, après sa mort, l'année 1607.

Accueilli honorablement à Mantoue par les Gonzague, à Florence par les Médicis, à Naples par la haute société et par son ami Manso da Villa, à Rome par tous les lettrés, le poète ne peut retrouver désormais ni le calme ni le bonheur. Il se lance dans un interminable procès pour rentrer en possession de l'héritage de sa mère que sa qualité d'exilé des États Napolitains l'empêchait de récupérer. Ame brisée, il erre de ville en ville, luttant contre la misère et en proie à une insurmontable mélancolie, quand ce n'est pas à des accès de folie furieuse. Il ne se sert plus de ses vers que pour célébrer les Grands auxquels il demande des subsides. Fiançailles, mariages, morts : tout lui est sujet à compositions poétiques, à éloges, à panégyriques ! Sa santé, de plus en plus débile, l'oblige à de longs chômages. La tête, la poitrine, l'estomac, les entrailles, tout lui fait mal. A chaque instant, dans ses lettres, il se plaint de son défaut de mémoire. Les médecins lui prodiguent en vain les eaux, les bains, les cautères, les purgations, la saignée, l'ellébore : rien n'y fait. De tels traitements l'éprouvent plus qu'ils ne lui font de bien.

Il tombe dans un dénuement moral si complet qu'il s'écrie : « J'ai presque oublié que j'ai été élevé en gentilhomme. Hélas! je ne suis rien, je ne sais rien, je ne puis rien, je ne veux rien ... »

Incapable de médire et de satiriser, il va jusqu'à laisser, quand il refait sa *Jérusalem*, quelques vers à la louange de son ancien geôlier, Alphonse de Ferrare. Tout lui est bon pourvu qu'il ait un peu d'argent. Oh le malheureux!

Cependant l'heure de la réparation va sonner. Le cardinal Aldobrandini, ami des lettres et des arts, devenu pape, sous le nom de Clément VIII, voulut ranimer dans l'âme découragée du poète le sentiment de la vie avec celui de la gloire. Il lui réservait le triomphe et le couronnement au Capitole, vieille coutume de la Rome païenne, remise en honneur pour Pétrarque, deux siècles auparavant. Une pension lui était en même temps assignée sur le trésor pontifical et même, ô bonheur inattendu! le prince d'Avellino, qui l'avait frustré de son héritage maternel, s'engageait à lui fournir une rente annuelle de deux cents ducats.

Mais il était trop tard. Les préparatifs de la fête romaine n'étaient pas encore achevés que l'illustre poète était saisi d'une fièvre violente. Il avait trop lutté, trop souffert; ses forces étaient à bout. « Ce qui prouva la gravité de son état, ce fut l'œil d'indifférence dont il considéra les apprêts de son triomphe. Sa passion dominante, l'amour de la gloire, était éteinte dans son cœur. Las et détrompé de toutes choses, il n'aspirait plus qu'au repos, à l'éternel repos. » Pressentant sa fin prochaine, il ne songea plus qu'à s'y préparer. Il se fit transporter au couvent des Hiéronymites de Saint-Onuphre, le 1er avril 1595, et le 24 du même mois, il rendait à Dieu son âme inquiète et géniale, à Rome, dans les murs qu'habita Philippe de Néri, sur cette colline et à deux pas de ce jardin où s'élève encore l'énorme chêne qui abrita les dernières pensées du poète moribond et d'où il put embrasser, une dernière fois un des plus beaux paysages du monde: A droite le prolongement en courbe du

Janicule ayant le Transtevere à ses pieds, avec ses bouquets, ses vergers, ses terrasses couronnées d'églises et que l'Aventin pelé domine de l'autre côté du Tibre; à gauche, un bois de noirs cyprès et d'yeuses frémissantes s'abaissant en pente rapide vers le Tibre qu'on voit à peine. Puis au loin, Rome toute entière, Rome s'étendant de la place du Peuple jusqu'à la pyramide de Cestius, Rome avec ses toits innombrables, ses splendeurs, ses dômes et ses coupoles, les ombrages du Pincio, les Jardins de Salluste, le ravin séparant le Quirinal de l'Esquilin et dominé par Sainte-Marie Majeure; plus près, la tour du Capitole, le Palatin, ses cyprès, ses myrtes et ses grenadiers ; les arcades ruinées du palais des Césars, l'Aventin et ses calmes églises, le Célius et Saint-Jean de Latran.

A l'horizon la plaine onduleuse et nue; les monts Albains aux teintes violettes ; les profils fuyants de la Sabine.

Enfin, tout prés, à demi-caché par une ligne

d'arbres verts et de figuiers se profilant sur le ciel, le mont Vatican et Saint-Pierre d'où lui venait la gloire, tardive, d'un couronnement magnifique.

Tel était le spectacle qu'il fut donné à ce grand poète de contempler avant de mourir. On lui fit des funérailles imposantes. Un neveu de Clément VIII, le cardinal Cinzio, qui professait une grande admiration pour le poète, avait formé le projet de lui élever un monument digne de son génie. Tombé en disgrâce il ne put réaliser ce dessein. Un des fidèles de Torquato, Manso, qui écrivit sa vie, fit apposer, en 1601, une pierre funèbre sur la tombe de l'écrivain dans l'église de Saint-Onuphre. Sept ans plus tard, le cardinal Bevilacqua, dont il avait connu des parents à Ferrare, lui érigea un humble monument. Enfin, au XIXe siècle, Pie IX commanda au sculpteur de Fabris un sobre et beau mausolée où les restes du grand poète furent solennellement déposés en 1857.

CHAPITRE V

FERRARE AU TEMPS DE TASSE

Revenons maintenant en arrière et voyons ce qu'était Ferrare au moment où y vécut Tasse. C'est dans cette cité qu'il composa le plus beau poème épique des temps modernes, ce sont les environs de Ferrare que Gœthe a pris pour cadre de sa tragédie : consacrons donc quelques instants à cette ville et à la cour d'Este, dans la seconde moitié du XVIe siècle.

Tasse n'avait que vingt ans quand il arriva à Ferrare. La Renaissance touchait à sa fin. L'Espagne, maîtresse de Naples et de Milan, avait déteint sur les mœurs de l'Italie. Le luxe, l'ostentation, la vanité avaient gagné Ferrare elle-même. Mais cette ville n'en était pas moins la délicieuse capitale d'un grand État dont les chefs appartenaient à la famille si distinguée des Este.

Dans un livre consacré à Jean de Bologne[1], j'ai parlé incidemment, à propos d'une visite du sculpteur florentin à Ferrare, du duc Alphonse II d'Este qui avait succédé à son père Hercule II, en l'année 1559.

Hercule II avait épousé, en 1528, Renée de France, fille de Louis XII, qui n'avait pas laissé de mettre parfois son ducal époux dans une position fausse vis-à-vis de Rome, à cause de la protection que cette princesse accordait aux protestants.

« Calvin fugitif avait trouvé un asile près de cette protectrice des gens de lettres et des érudits de son temps. Calvin y prêchait secrètement à la fille de Louis XII et de la sévère Anne de Bretagne, à la docte et belle Olympia Fulvia Morata, à François Porto-Centese et autres courtisans qui, surpris par le duc, s'enfuirent un jour avec leur apôtre.

1. Lemerre, Paris.

Quelques mois après Calvin, Marot, aussi banni de France, était venu à Ferrare; il en avait à son tour été chassé par le duc, mari étrangement jaloux, dont la femme n'eut jamais de rendez-vous qu'avec des sectaires. Renée, femme héroïque, ne put être ramenée à la foi par l'inquisiteur envoyé pour cela de France, malgré toutes les persécutions qu'elle subit et que Marot a déplorées dans ses beaux vers à Marguerite de Navarre, sa sœur :

Ma Marguerite escoute la souffrance
Du noble cœur de Renée de France,

tandis qu'il dépeint en ces termes énergiques la dureté de son ducal conjoint décourageant les soins et l'affection :

Faulte d'amour l'esguillone à ce faire
Et lui engendre un désir de desplaire
A celle-là qui met à lui complaire
Merveilleux soing [1]. »

1. Valery, *Voyage en Italie*, t. II, pp. 58-59.

Après la mort de son mari, Renée de Ferrare rentra en France et s'établit à Montargis, d'où elle entretenait une correspondance suivie avec ses filles et où elle mourut, le 15 juin 1575.

Les tendances calvinistes de Renée, la sympathie qu'elle témoigna aux chefs de la Réforme qu'elle attirait à Ferrare, avaient mis souvent, je le disais il n'y a qu'un instant, son mari dans une posture assez difficile à l'endroit de la cour de Rome. Son fils et son héritier, le duc Alphonse, n'échappa pas à la suspicion romaine. Il eut souvent à se défendre contre les rigueurs de l'Inquisition qui avait toujours les yeux sur la ville suspecte.

Et quand Tasse adressait suppliques sur suppliques au pouvoir inquisitorial afin de réclamer la protection du Saint-Siège, on conçoit que le duc, craignant d'être compromis de ce chef auprès de la cour pontificale, ait gardé rancune à l'homme — fût-il génial comme Torquato — faisant un si malencontreux appel à la puissance redoutée de l'Inquisition. Il prit soin d'ailleurs, durant l'internement du poète à Sainte-Anne, d'intercepter les pétitions que le malheureux ne cessait d'envoyer au pontife Grégoire XIII, l'ami des Jésuites, le pape par excellence de la contre-réforme.

Hercule II, de son mariage avec Renée de France, fille de Louis XII, avait eu cinq enfants : deux fils, Alphonse (1533-1597) et Louis qui fut cardinal (1538-1586), plus trois filles, Anne (1531-1607), mariée en 1548 à François de Lorraine, duc de Guise, et en secondes noces à Jacques de Savoie; Lucrèce (1535-1598), épouse de François-Marie de la Rovère, duc d'Urbin; enfin Léonore (1537-1581). J'ai longuement insisté sur ces deux dernières princesses. Aussi n'y reviendrai-je pas. Mais avant de m'occuper de Louis, d'Anne et d'Alphonse, voyons brièvement ce qu'était le duché de Ferrare au moment de l'arrivée de Torquato, que son père Bernardo avait présenté au cardinal Louis, qui l'avait pris à son service.

Le duché de Ferrare était un fief du Saint-Siège auquel il devait faire retour en cas d'absence d'héritiers dans la branche aînée des Este.

La capitale avec son château fort garni de tours avait de larges rues, de nombreuses églises, de riches palais parmi lesquels il faut citer : le palais des Diamants du cardinal Louis, le palais du Paradis, réservé à l'Université, celui de Schifanoia, bien d'autres encore, dont il ne reste d'ailleurs plus trace aujourd'hui.

Des parcs et des jardins entouraient de verdure les murs de la ville, ainsi que les collines de Saint-Georges, de la Montagnola et de la Castellina. De splendides villégiatures occupaient les environs : Belfiore, Belriguardo, l'île du Belvedere, Comacchio, la Mesola, Consandolo, séjour préféré de la princesse Léonore. Grâce au voisinage du Pô, Ferrare était entourée de grands fossés où l'eau pouvait se renouveler, et, à l'intérieur même des murs, un canal permettait aux personnages de la cour de se rendre en barques, soit aux parcs ou aux collines qui s'y trouvaient situées, soit même de gagner, par un barrage extérieur, le fleuve et d'atteindre ainsi les nombreux lieux de plaisance placés dans le voisinage, à commencer par le fameux Belvedere, déjà nommé : « Ile charmante entourée de murs crénelés et ornée de palais, de pavillons, de jets d'eau, de forêts, de vergers, d'un parc où paissaient cent animaux exotiques et d'escaliers de marbre par où l'on descendait se baigner dans le fleuve ». C'est dans cet éden que fut jouée la comédie pastorale de l'*Aminta* où Tasse célébrait la magnificence et la munificence du duc Alphonse.

Celui-ci continuait les traditions de la cour de Ferrare. Des sociétés nombreuses et choisies se réunissaient souvent dans les villas que je viens de mentionner. Là, on s'abandonnait aux divertissements les plus variés, à la pêche, principalement dans les marais de Comacchio, qui donnaient entrée aux chasses ducales. Ferrare avait toujours été une ville lettrée. Sous Hercule, le grand chantre d'*Orlando Furioso*, l'Arioste avait vécu, et son souvenir restait immortel dans les mémoires. On peut dire que le *Roland* était dans toutes les mains.

Quand Tasse arriva dans la capitale du duché, Alphonse II se trouvait depuis six ans à la tête de l'État. C'était un homme de taille robuste, de grande intelligence, d'un beau courage et un travailleur infatigable. Il aimait les lettres, les arts et la musique à la passion. Ayant passé sa jeunesse à la cour de France il y avait contracté le goût des tournois et des aventures guerrières. Ardent et généreux il secourut les Hongrois attaqués par les Turcs en 1566 et fit plusieurs tentatives pour obtenir la couronne de Pologne.

Habile à perfectionner les inventions militaires, il se livrait avec ardeur au plaisir de la vénerie. Il aimait les inventeurs de toute espèce, qu'ils fussent alchimistes ou ingénieurs. Comme les Médicis, il fabriquait des poisons subtils.

Alphonse eut l'amour effréné du luxe. Sa cour fut l'une des plus somptueuses de l'Italie. Ses collections d'antiques et de médailles furent classées et augmentées par deux archéologues éminents : le Parmesan Enea Vico et le Napolitain Pirro Ligorio.

Ainsi que son beau-frère le duc d'Urbin, il multipliait les encouragements aux écrivains.

Trois chefs-d'œuvre de la littérature italienne : la *Jérusalem délivrée*, l'*Aminta* du Tasse et le *Pastor fido* de Guarini naquirent sous ses auspices.

Avec son goût du faste, son amour des pompes, de l'apparat, des fêtes somptueuses et des divertissements de toutes sortes, Alphonse II accueillait avec faveur les artistes. Gian Bologna fut dignement reçu par le duc [1]. Dans le déclin de la Renaissance, Ferrare conserve un prestige éclatant.

« ...Là, fut tiré le bouquet de ce grand

1. Cf. mon livre sur *Jean de Bologne*, pp. 230 et sq. Lemerre.

feu d'artifice. Dans cette cour présidée par des princesses qui, à peine sorties de nourrice, avaient joué Térence en latin devant le pape Paul III, les lettres, les sciences et les arts étaient en honneur. On y trouvait des savants comme Tassone, Martelli, le Pigna, Antonio Montecatino ; des jurisconsultes comme Laderchi d'Imola ; des poètes comme Guarini, l'auteur du *Pastor fido ;* un philosophe tel que Patrizzi, le dernier des Platoniciens ; des peintres dignes successeurs des frères Dossi ; des architectes tels que Pirro Ligorio ; des sculpteurs ; des musiciens. Cour splendide, s'écriait le comte Annibal Romei, qui y avait séjourné, et plutôt royale que ducale ! — Et il ajoute qu'elle n'était pas seulement peuplée de gentilshommes et de cavaliers, mais d'esprits très ornés et très doctes. Aussi les tournois n'excluaient-ils pas les joutes poétiques et oratoires. Au milieu du tumulte des fêtes, il y avait place pour les controverses savantes, pour les agréables conversations, et au sortir d'un carrousel, l'oreille encore étourdie du fracas des armes, des clameurs des combattants, du piétinement des chevaux, on recourait à la musique et aux beaux vers pour se rafraîchir le sang et l'esprit. Lisez les sonnets de Tasse; il y a dessiné d'une main légère bien des portraits de femmes qu'il avait rencontrées à Ferrare, et que la diva Vittoria Colonna n'eût pas désavouées pour ses petites-filles. La comtesse de Scandiano, la comtesse de Sala, Tarquinia Molza goûtaient vivement la poésie et l'éloquence; cette race d'Aspasie se plaisait aux longs raisonnements; elles mettaient aux prises les doctes; une couronne ou un sourire était la récompense du vainqueur. Aussi savantes en métaphysique qu'en madrigaux, on pouvait citer devant elles Aristote et Plotin, la grande ombre d'Augustin lui-même ne les effrayait pas[1] ».

Alphonse II aurait été un excellent prince si son amour du luxe ne l'avait pas poussé à

1. *Le Prince Vitale.*

charger son peuple de lourds impôts. Les insuccès de ses armes, les vexations des Inquisiteurs qui avaient toujours l'œil sur Ferrare depuis que Renée de France, comme je viens de le dire, y avait introduit des représentants de l'Eglise réformée ; ses démêlés avec son frère Louis pour des questions d'intérêts; la conduite peu régulière de sa sœur Lucrèce, séparée de son mari, le duc d'Urbin; enfin le chagrin de n'avoir pas d'enfants et de voir son duché passer au Saint-Siège assombrirent ses dernières années et rendirent son caractère intolérant et difficile.

Alphonse se maria trois fois. Sa première femme fut Lucrèce de Médicis (1538), la seconde, Barbara d'Autriche (1565), la dernière Marguerite de Gonzague (1579).

Alphonse n'aimait pas les gens inoccupés. Parmi les lettrés que j'ai nommés plus haut, plusieurs furent ministres, comme Pigna et Montecatino; d'autres, comme Patricio et Guarini, devinrent ambassadeurs. Patricio et Salviati enseignèrent à l'Université où Tasse fut nommé lecteur. Torquato se trompait cruellement en jugeant que ses sonnets et ses madrigaux suffisaient à faire de lui le préféré de la cour. Alphonse appréciait sans doute ce genre de compositions, mais il demandait quelque chose de plus positif et il devait être mécontent de voir Torquato accepter avec dédain la charge d'historien ducal. Tasse ne s'occupa jamais d'écrire un mot des annales des Este, tandis que des esprits comme Falleti, Pigna, Montecatino s'efforçaient de servir leur patron dans les charges qu'ils remplissaient ou les livres qu'ils écrivaient.

J'ai dit que dans sa vieillesse Alphonse devint dur et intolérant. Ayant perdu l'espérance de conserver Ferrare, il se replia sur lui-même, laissant les soins de l'État à des ministres infidèles comme Montecatino. Ce dernier pactisait avec Rome, aidé de Lucrèce d'Urbin, laquelle haïssait l'héritier de son frère, son cousin César d'Este, dont le père avait divulgué au duc Alphonse les relations de cette princesse avec le marquis Contrari qui fut étranglé par les soins du duc. Qu'on ajoute à cela les fraudes, les abus des fonctionnaires, les augmentations d'impôts, et l'on comprendra pourquoi, à la mort d'Alphonse II, survenue en 1597, les sujets du duché, loin de pleurer leur maître, soupiraient au contraire après un nouveau gouvernement. L'héritier César d'Este, trahi par ses proches, abandonné de tous, dut se réfugier à Modène. La noblesse ruinée par le luxe, et le peuple accablé de misère, coururent avec joie au devant du légat pontifical : le cardinal Pierre Aldobrandini, qui arrivait à Ferrare avec de belles promesses et de nobles espérances en un avenir meilleur.

L'année 1565, au temps de l'arrivée de Tasse, les oncles du duc Alphonse vivaient encore. Don Alphonse (1527-1587) était un glorieux survivant des guerres de Charles-Quint; quant à don François (1516-1578), c'était un vaillant soldat aussi, mais plus amateur de divertissements et d'art que son frère.

François laissa en mourant deux filles, Bradamante et Marphise (on reconnaît bien à ces noms l'influence de l'épopée d'Arioste). Elles furent les reines de toutes les fêtes de Ferrare, surtout la seconde, admirablement belle, d'une gaieté charmante et ne pensant qu'au plaisir. Bradamante épousa le comte Bevilacqua, capitaine des gardes à cheval du duc; Marfise, mariée à son cousin Alfonsino, mort en 1578, épousa, deux ans après, Alderano Cybo, prince de Massa.

La sœur aînée d'Alphonse II, Anne, d'abord duchesse de Guise, puis duchesse de Savoie, avait quitté Ferrare depuis 1548 et n'y revint jamais. C'était un esprit éminent. Elle savait le grec et le latin. Sa mère, Renée de France, avait réclamé le concours des maîtres les plus habiles pour son éducation et lui avait donné pour compagne de jeux et d'étude la célèbre Olympia Morata,

fille du professeur Fulvio Peregrino Morato. Ce Morato fut jadis le précepteur du cardinal Hippolyte d'Este (l'heureux possesseur de la belle villa de Tivoli) et d'Alphonse, frère d'Hercule II, qui devait lui succéder et devenir lui-même le père d'Alphonse II. Olympia Morata épousa plus tard un docteur protestant allemand nommé Grunthler. Elle devint une zélée réformiste et ne cessa de correspondre en grec ou en latin avec la princesse Anne d'Este. Olympia mourut en 1555, à Heidelberg.

J'ai déjà suffisamment parlé des deux autres sœurs d'Alphonse II, Lucrèce et Léonore. Je n'y reviendrai que pour dire que Lucrèce aimant et protégeant les arts et les artistes, avait un caractère fier. Elle appréciait la vie brillante et joyeuse. Ses liaisons avec Contrari et Montecuccoli furent notoires. Elles entraînèrent l'assassinat du marquis Contrari. Ayant appris que c'était à son oncle don Alphonse d'Este qu'elle devait la divulgation de ses amours avec le grand seigneur ferrarais, elle voua audit Alphonse une haine qui ne se démentit jamais et qui, vingt-cinq ans plus tard, s'exerçait encore contre son fils, César d'Este, et l'empêchait, à la mort d'Alphonse II, de succéder à celui-ci dans le duché de Ferrare.

Quant à Léonore, toujours maladive, comme nous l'avons vu, elle vécut retirée et ne s'occupa guère que de questions d'intérêts. Elle aima beaucoup son frère Louis et l'aida dans ses démêlés avec le duc. Nous savons qu'elle occupa un moment la régence, pendant une absence d'Alphonse, et qu'elle déploya des qualités de justice et de fermeté qui lui méritèrent la reconnaissance populaire.

Le prince Louis, le plus jeune des enfants de Renée de France, se ressentit toute sa vie du contraste entre ses aspirations mondaines et le vêtement ecclésiastique que la politique et les instances de sa familles l'avaient contraint de revêtir.

Ce fut un cardinal brouillon et insubordonné. Il tourmenta continuellement son frère par des procès d'intérêt. A la mort de son oncle, le cardinal Hippolyte, il lui succéda dans la protection des intérêts français auprès du Vatican et hérita ainsi des riches bénéfices auxquels une telle charge donnait droit en France. Mais aucun revenu ne pouvait suffire à ses folles dépenses. Il tenta bien d'être un Mécène, seulement il ne se connaissait pas en hommes comme le cardinal Hippolyte et ne savait pas se les attacher par les liens de l'affection, de la reconnaissance et de la générosité.

La noblesse de Ferrare comptait parmi les plus renommées de l'Italie, soit pour l'ancienneté, soit pour les richesses. Depuis quelque temps, néanmoins, elle n'était plus aussi brillante. Pourtant de grands seigneurs comme les Bentivogli, les Contrari, les Bevilacqua, les Tassoni, les Sacrati, les Bendidio, conservaient encore leur antique splendeur.

Le principal personnage, après le duc, était Cornelio, Bentivoglio, fameux capitaine, commandant les troupes ducales. Au-dessous de la noblesse venaient les ministres et courtisans. J.-B. Nicolucci, dit le *Pigna*, d'obscure origine, mais qui s'était fait lui-même, cultiva la philosophie et se vit élevé par Alphonse au rang de premier ministre, de secrétaire et de confident. A sa mort, survenue en 1574, Antonio Montecatino lui succéda. C'était un philosophe de grande valeur. Le pauvre Tasse le regardait comme un ennemi acharné à le perdre et à le livrer aux vengeances de l'Inquisition. Une semblable accusation était des plus fausses. Montecatino n'avait pour le malheureux qu'une sincère commisération et quand Torquato s'enfuit de Ferrare en 1577, le ministre fut le premier à déplorer le triste état de santé du grand poète. On sait, deux ans plus tard, en quels termes bienveillants le même ministre s'exprimait sur le compte de l'auteur de la *Jérusalem*.

Les études de la célèbre Université de Ferrare se ressentaient des nobles traditions des premiers temps de l'Humanisme. La poésie en langue vulgaire et latine, l'épopée, la comédie avaient donné là de vrais chefs-d'œuvre que M. Solerti analyse avec soin dans son livre sur *Ferrare et la Cour d'Este.*

Mais par dessus tout Ferrare se considérait avec raison comme la ville la plus gaie d'Italie. Placée sur le chemin de l'Allemagne, avec ses ducs apparentés à la maison de France, c'étaient, à chaque arrivée princière, des tournois, des joutes, des mascarades, des bals, des banquets, des illuminations, des concerts. La cour et la ville ne cherchaient en somme que des occasions de se divertir.

Les représentations théâtrales y aidaient puissamment. Plusieurs furent célèbres, surtout les pièces jouées à l'occasion des mariages d'Alphonse avec Barbara d'Autriche et Marguerite de Gonzague, et celles données lors du passage du prince Ferdinand de Bavière, de l'archiduc Charles d'Autriche et du prince de Clèves, en 1566, 1569, 1575.

Si les jeux de cartes et d'échecs étaient en grande faveur à la cour, la musique y tenait surtout la plus large place. Les Este, chez lesquels l'intelligence était de tradition et qui, depuis Borso, premier duc de Ferrare et de Modène au xve siècle, n'avaient pas cessé d'en donner des preuves éclatantes se montraient aussi fort bons musiciens. Mais c'était principalement depuis l'avènement au pouvoir d'Hercule II, père du duc actuel, que l'art musical avait atteint à Ferrare un essor remarquable. Pourtant Alphonse II surpassa son père dans l'amour de la musique. Il favorisa sans cesse les artistes et les maîtres de chant. Tandis qu'auprès de lui, ses sœurs Lucrèce et Léonore acquéraient un réel talent de cantatrices, il attirait à Ferrare Pierre-Louis Palestrina qui, de 1567 à 1571, c'est-à-dire deux ans après la composition de sa célèbre messe, occupa la charge de maître de chapelle. Mais Alphonse préféra bientôt, à la sévère et si originale musique du maître, les compositions fleuries et faciles, comme celles de François et d'Alphonse della Viola ou de Paul Isnardi. Il faut remarquer qu'à la fin du XVIe siècle la poésie lyrique s'adaptait de plus en plus à l'art musical : madrigaux, ballades, chansons étaient en grande faveur et mis continuellement en musique. A la cour de Ferrare, les poésies du ministre Pigna (qui était aussi poète), de Guarini, de Tasse s'harmonisaient avec les compositions de Fiorini, Luzzarchi, Agostini. Une grande quantité de leurs œuvres subsistent encore. Quelquefois même on composait et l'on chantait les passages les meilleurs et les plus goûtés des poèmes de *Roland Furieux* ou de la *Jérusalem délivrée*.

Ne passons pas sous silence les noms de

Tarquinia Molza, Lucrezia Bendidio, Laura Peperara qui tinrent une place très importante dans les concerts de la cour.

Tarquinia Molza, originaire de Modène, fort versée dans les études astronomiques, avait à Ferrare une réputation d'intelligence et de charme absolument méritée. Devenue veuve de bonne heure, elle se trouvait toute disposée à accorder ses faveurs à Tasse si celui-ci s'en était soucié. Le bruit d'une liaison avec Jacques Wert, de Mantoue, parvint aux oreilles d'Alphonse qui avait jadis combattu en l'honneur de la belle dans un tournoi. Le duc, jaloux, enjoignit à Tarquinia de quitter la cour de Ferrare. Retirée, en 1589, à Modène, elle continua d'accueillir auprès d'elle, jusqu'à sa mort, la fleur des lettrés et des artistes.

J'ai déjà dit quelques mots de Lucrèce Bendidio et de l'admiration que ressentit pour elle Torquato Tasso. Le poète l'avait aimée en 1562, quand elle était jeune fille, et lui avait adressé de nombreux vers d'amour dans le genre des poèmes de Pétrarque. Plus tard Tasse s'était vu supplanter dans le cœur de sa belle par le célèbre ministre Pigna, qui, de 1570 au mois de mai 1572, consacrait à la Bendidio tout un canzonière. Devant un rival et un puissant personnage comme Pigna, il n'y avait qu'à s'incliner. En 1572, Lucrèce Bendidio épousa Baldassare Macchiavelli. Cela ne l'empêcha pas d'ailleurs de devenir la maîtresse du cardinal Louis d'Este qui, nous le savons, était aussi peu ecclésiastique que possible. La belle, dans une lettre à son princier amant, se gaussait, l'année 1573, du brave Pigna qu'elle nommait « l'époux à la barbe blanche » et sur les vers duquel elle brocardait avec le juvénile entrain de ses vingt-six ans.

En 1572, quand le vivace cardinal Louis quitta la France, où il se trouvait alors, pour prendre part au conclave, au lendemain de la mort de Pie V, il arrivait à Ferrare cinq jours après l'élection du nouveau pape, Grégoire XIII. Louis d'Este séjourna donc plusieurs mois dans cette ville, et ce fut à ce moment que retrouvant Lucrèce Bendidio, qu'il avait connue toute enfant, et qui était devenue une charmante jeune femme ayant incendié déjà bien des cœurs, y compris celui du riche ferrarais Cornelio Bentivoglio, il usa de la facilité que lui procurait le service de Lucrèce Bendidio auprès de la princesse Léonore, sa sœur, dont elle était dame d'honneur, pour faire à la belle une cour assidue et nouer avec elle une intrigue amoureuse des plus agréables : histoire de passer le temps..

Il importe d'ailleurs de remarquer que Lucrèce Bendidio rehaussait sa merveilleuse beauté par les dons les plus rares de l'intelligence. La philosophie, la poésie n'avaient pas de secrets pour elle. Elle travaillait comme une fée, et ses ouvrages de broderies servaient de modèles. Mais c'est surtout en matière de chant qu'elle était remarquable. Quand Lucrèce et sa sœur Isabelle se faisaient entendre, elles charmaient et captivaient tous les cœurs. Leur réputation de cantatrices passant les Alpes s'étendit jusqu'à Vienne. On conçoit qu'avec de tels dons, Lucrezia Bendidio — le Bien Divin — comme on la surnommait, ait tenu la première place à la cour de Ferrare jusqu'au moment où parut Marguerite de Gonzague, la troisième épouse d'Alphonse II et qui, très musicienne elle-même, déployait dans le chant les plus rares et les plus brillantes qualités pour une jeune femme de quinze ans.

Une cantatrice également fort appréciée à la cour, c'était Laura Peperara. Elle avait à peine seize années, quand, quittant Mantoue, sa ville natale, elle s'était établie à Ferrare. Sa beauté mit en rumeur tous les courtisans et sa voix conquit le vieux duc lui-même . c'était un triomphe.

Tasse éprouvait pour elle une admiration passionnée. En 1564, traversant Mantoue, il avait été captivé par cette jeune fille d'une famille de riches marchands et l'on peut trouver dans les *Rime amorose* du poète un sonnet au nom de la belle, et nombre de madrigaux, de chansons et de strophes inspirés par cette fleur du Mincio[1].

Fort cultivée, surtout au point de vue musical, il n'est pas douteux que c'est à sa maîtrise vocale que Laura dut d'occuper rapidement une place, importante pour une étrangère, à la cour de Ferrare. Le duc Alphonse tenait vraiment à ses concerts dont il régalait le moindre de ses hôtes. Il savait d'ailleurs reconnaître la satisfaction que lui causaient ses musiciennes en les mariant richement. Il fit épouser à Laura Peperara le comte Annibal Turchi, d'excellente famille ferraraise. Une jeune virtuose du nom de Livia d'Arco se vit unie au marquis Alphonse Bevilacqua, parent du cardinal qui éleva en 1608, un monument funéraire à Tasse dans l'église du couvent de Saint-Onuphre à Rome.

Laura Peperara, comtesse Turchi, eut une

1. Solerti, *Ferrara e la Corte Estense*.

fille à laquelle on donna le nom de Marguerite et dont Torquato célébra la naissance dans un madrigal. La belle Laura s'éteignit en 1601. Son tombeau se trouve dans l'église des Jésuites à Ferrare [1].

A ce cercle de dames musiciennes il faut ajouter deux femmes auxquelles j'ai fait allusion précédemment. Je veux parler de Barbara Sanseverino, comtesse de Sala, et de sa belle-fille, Léonora Sanvitale, comtesse de Scandiano. Il est d'autant plus important d'insister sur le rôle de ces deux personnes à la cour de Ferrare, surtout sur celui de Leonora Sanvitale que Gœthe, dans sa tragédie de Torquato Tasse a mis en scène cette dernière. Mais la vie de l'une et de l'autre sont tellement mêlées qu'on ne peut les séparer.

Parmi les plus puissants feudataires des Este, il fallait compter en premier lieu les Boiardi, comtes de Scandiano. Le duc Al-

1. Voir Solerti, *Vita di Tasso*, p. 97-99

phonse II avait concédé ce titre, en 1565, à Octave Tiene, d'origine vicentine, marié à Laura, fille aînée du comte Jules Boiardo et de Sylvie Sanvitale. Octave Tiene eut un fils et trois filles. Jules succéda à son père dans son fief et tous les chroniqueurs du temps sont d'accord pour vanter les qualités physiques et morales, l'éducation, le goût, le luxe et la valeur de ce seigneur auquel Alphonse concéda plus tard le titre de marquis. Il avait épousé Léonora Sanvitale qui prit le nom de comtesse de Scandiano.

Devenu veuf, son père, Gilbert Sanvitale, comte de Sala, se maria en secondes noces avec Barbara Sanseverino qui fut ainsi la belle-mère de Léonora.

D'après les souvenirs que les contemporains nous ont laissés de la comtesse de Sala, il appert qu'elle fut véritablement une dame de la plus extraordinaire valeur et de la plus grande beauté. Ses relations avec Ferrare dataient de loin, car Barbara Sanseverino habitait Parme. Elle s'était rencontrée avec Alphonse à Rome, quand, au mois de janvier de l'année 1573, il avait séjourné dans la ville éternelle pour faire hommage au nouveau pontife Grégoire XIII. Peu avant l'arrivée du duc, le comte de Sanvitale, sa femme et sa fille y parvenaient de leur côté, appelés pour des questions d'intérêt privé. Barbara Sanvitale mit en rumeur Rome toute entière et y excita partout d'ardents enthousiasmes pour sa beauté, sa culture et son esprit. Des poètes du temps, Maffeo Veniero, Jérôme Catena, lui adressèrent des chansons et des épigrammes en latin et en italien. Tasse, qui accompagnait le duc Alphonse pendant son voyage à Rome, avec son sonnet qui débute ainsi :

la gente Barbara remporta tous les suffrages à Rome, —

ouvrit la nombreuse série des compositions en l'honneur de la belle comtesse qu'on trouve dans son recueil de chansons.

Le marquis Jules Tiene, comte de Scandiano, escortait aussi Alphonse dans son voyage à Rome. Il devint amoureux de la Léonore Sanvitale dont les traits charmants et l'intelligence étaient bien faits pour séduire. Jérôme Catena, que je viens de nommer, faisait d'elle, en latin, un merveilleux portrait littéraire, tout en louant, avec l'élégance et l'instruction de son esprit, les qualités morales et physiques de cette jeune personne que Don Cesare d'Avalos, frère du cardinal d'Aragone, de passage à Rome, était tout disposé lui-même à épouser pour peu que Léonore l'eût bien voulu. Celle-ci donna la préférence à Jules Tiene, comte de Scandiano. Le mariage se fit à Scandiano, au mois de janvier 1576, au milieu de la joie générale et du déploiement d'un luxe magnifique.

Le jeune couple et la comtesse de Sala étaient attendus à Ferrare avec la plus vive impatience. Ils y arrivèrent vers le milieu de février.

Les poètes, inspirés par les deux belles

étrangères, se mirent à les célébrer à l'envi. Dans une lettre à son ami Scalabrini, adressée à Rome, à la fin de février, Tasse écrivait : « J'ai fait deux sonnets : l'un pour la comtesse de Sala qui portait une coiffure en forme de couronne, l'autre pour sa belle-fille. Le duc ayant eu l'occasion de les entendre m'en a fait beaucoup de compliments et m'a comblé de faveurs ». Preuve évidente du plaisir que causèrent à Alphonse II les hommages rendus à deux dames qu'il devait distinguer entre toutes pour leurs qualités et leur beauté. En bon courtisan, Torquato ne s'arrêta pas en si beau chemin. Il composa de nouveaux vers pour les deux comtesses. L'inspiration de ces vers dépasse le ton habituel des poèmes de cour. Les louanges à la beauté et à la grâce des dames qu'ils célèbrent prennent un ton ardent et passionné, surtout dans les poèmes à Leonora Scandiano dont la grâce n'était pas sans quelque coquetterie.

Quand le bon poète Guarini, qui se trouvait alors en Pologne, revint à Ferrare, il y eut entre lui et Tasse assaut courtois de poésie en l'honneur des deux astres qui brillaient à la cour. Pendant tout le temps, d'ailleurs, que Barbara Sanvitale y demeura, c'est-à-dire jusqu'à la fin de mars 1576, ce ne furent que banquets, joutes, concerts, réunions au château ducal ou dans les villas des environs.

Au mois de janvier 1577, les couches de Léonora, comtesse de Scandiano, ramenèrent sa belle-mère à Ferrare. Et les fêtes de recommencer aussitôt, sans souci des rigueurs du climat, de la neige dont le voisinage des hautes montagnes du Tyrol occasionnait de fréquentes tombées et des soufflets des vents du nord qui, n'étant entravés par aucun accident de terrain, régnent souvent, l'hiver, dans la plaine ferraraise.

Les fêtes reprirent donc de plus belle et de nouveau recommencèrent les banquets, les joutes auxquels se mêlèrent les divertissements les plus fous d'un carnaval en délire. Il y eut des tournois de dames qui donnèrent le spectacle de l'attaque et de la défense d'un château. Puis on nomma des rois et des reines de Carnaval. Parmi ces dernières, le sort ayant désigné la comtesse de Sala, celle-ci se montra pleine de rigueur et de sévérité dans l'emploi de son autorité, principalement à l'égard du duc. Il avait été décidé qu'Alphonse II, revêtu d'un vêtement monastique, apporterait à la reine je ne sais quelles lettres patentes. Comme, à leur examen, elles furent reconnues fausses, le coupable — le duc — fut condamné par Barbara de Sala à être fouetté : punition qui n'empêcha pas le fustigé de prêcher avec forces gestes drolatiques et de se promener tout le jour sous son vêtement monastique dans les rues du bourg de Comacchio, témoins de son supplice infamant...

Et encore ce passe-temps et ce supplice du duc, puni par la reine de Carnaval, était doux, bien doux auprès de la condamnation dont se vit l'objet, durant cette même saison, l'amie de Barbara de Sala, Barbara Sburlatti, sur l'ordre d'un joyeux monarque carnavalesque : le comte Jules Tassoni, qui ne ménagea ni les charmes, ni surtout la pudeur de sa sujette!... Glissons, mortels, n'appuyons pas.

Tous les lieux de plaisance furent mis à contribution pour les plaisirs de la cour : l'île du Belvedere, Belriguardo, Copparo. On s'amusait; le duc tenait à ce qu'on s'amusât d'autant plus follement que la peste sévissait quelque peu à Ferrare. De là l'ordre donné aux sujets d'être gais, et chacun s'y employait de son mieux. C'est peut-être, d'ailleurs, afin de fuir le danger pestilentiel, les soucis et les pensées graves, que les villégiatures et les environs de Ferrare furent successivement visités par la cour, cette année-là plus que de coutume. Dans ce même Comacchio, on représenta une comédie d'un auteur inconnu, pour laquelle Tasse prononça un prologue burlesque de sa composition, perdu malheureusement. Il dirigea et surveilla l'exécution de cette pièce, non seulement parce qu'à ce travail il était le plus apte de l'assemblée joyeuse, mais encore à cause de son expérience en matière théâtrale, expérience qui le faisait qualifier d'habile comédien dans une lettre de Canigiani, ambassadeur des Médicis à Ferrare, et dont les rapports sont de fidèles tableaux de la vie ferraraise.

Au nombre des acteurs de ce spectacle figuraient la comtesse de Scandiano, son mari, le duc Alphonse, Isabelle et Lucrèce Bentivoglio, le comte Tassoni.

Parmi les cavaliers et les dames qui prirent part au tournoi mentionné plus haut, nommons : Isabelle Bendidio, Anna sa sœur, Laura Corezara de' Malaguzzi, le duc de Ferrare, son neveu Cornelio, Cesare Trotti, la comtesse de Sala, la comtesse de Scandiano, Mesdames Macchiavelli, Trotti, Barbara da Piacenza.

La mort de la princesse de Parme interrompit brusquement les ébats de Comacchio, le 16 mars 1577. Mais à peine Alphonse et sa cour furent-ils revenus à Ferrare que la comtesse de Sala dut quitter précipitamment la ville, à l'annonce du trépas de sa sœur, assassinée par son mari Jean-Baptiste Borromei. Ainsi un tragique événement mettait fin à tant de gaieté.

La comtesse de Sala qui voyait, inclinés devant elle, le prince Farnèse à Parme, le prince de Gonzague à Mantoue, Alphonse d'Este à Ferrare, tous trois rivaux dans l'honneur de la servir ; la comtesse de Sala qui, dans tout l'épanouissement de sa beauté, pouvait se considérer avec orgueil comme la cause principale des divertissements et des fêtes ; la comtesse de Sala pour qui d'illustres chevaliers rompaient des lances er à la louange de laquelle maints poètes composaient des odes, n'aurait pu, certes, prévoir, en recevant l'annonce du meurtre de sa sœur, qu'une mort violente devait terminer ses propres jours.

En effet, Barbara Sanseverino, comtesse de Sala, reconnue coupable d'avoir conspiré contre le prince Farnèse, à Parme, devait être mise en jugement et mourir sur le gibet, l'année 1611.

CHAPITRE VI

GŒTHE ET SA TRAGÉDIE DE TORQUATO TASSO

Maintenant que nous sommes suffisamment documentés à l'endroit de Tasse ; que nous connaissons sa vie, ses œuvres ; que nous sommes éclairés sur la cour de Ferrare où il vécut plus de vingt ans, de 1561 à 1586, examinons la tragédie de Gœthe et comment il a composé son sujet.

La pièce, en cinq actes, roule tout entière sur l'analyse des souffrances morales de Tasse, mais d'un Tasse qui n'a rien d'historique. Le poète allemand a créé son héros de toutes pièces, sans se soucier de l'exactitude du modèle. Les personnages sont peu nombreux. Outre l'auteur de la *Jérusalem*, ils comprennent : le duc de

Ferrare (Alphonse II); Antonio Montecatino (le secrétaire d'Etat); la princesse Léonore d'Este; et la comtesse de Scandiano, Léonore Sanvitale.

Voici en quelques mots l'analyse de la pièce.

Dans un parc orné de bustes de poètes épiques, au milieu desquels ressortent ceux de Virgile et d'Arioste, les deux Léonore, en habits champêtres, s'amusent à les décorer, tout en parlant de Torquato, qu'elles aiment toutes deux.

« Son œil s'arrête à peine sur la terre, dit la comtesse de Scandiano ; son oreille n'entend que l'harmonie de la nature. Ce que présente l'histoire, ce que fournit la vie, il s'en saisit aussitôt ; son esprit rassemble ce qui se répand au loin dans l'espace et son cœur anime l'inanimé. Souvent il ennoblit ce qui nous semble vulgaire, et ce que nous admirons reste à ses yeux dans le néant. Cet homme prodigieux s'avance dans la région magique qu'il s'est créée ; il nous y entraîne après lui ; il nous force de prendre part à ses enchantements. Il semble s'approcher de nous et il reste toujours hors de notre portée ; il semble nous voir et peut-être à notre place il n'aperçoit que des esprits ».

La princesse d'Este renchérit sur ces éloges.

« Le monde réel, je pense, dit-elle à son tour, l'attire et le retient par des liens non moins puissants. Les vers charmants que nous lisons çà et là, attachés à nos arbres, ces vers qui, semblables aux fameuses pommes d'or, réalisent pour nous un nouveau jardin des Hespérides, n'y reconnais-tu pas les fruits gracieux d'un véritable amour ? »

Les allures inquiètes, les méditations douloureuses du grand poète préoccupent pourtant les deux jeunes femmes. Aussi font-elles tous leurs efforts pour bien disposer en sa faveur le duc Alphonse — « Qu'il m'apporte enfin son ouvrage, répond celui-ci à sa sœur Léonore qui croit la *Jérusalem* terminée.

Qu'il me l'apporte et il sera le bienvenu ». Alphonse trouve que cette grande œuvre tarde trop à son gré. En même temps il dit à ses deux interlocutrices combien le caractère soupçonneux du poète l'inquiète. Il voudrait que Torquato se laissât soigner afin de guérir promptement ses nombreux malaises. La guérison accomplie, il pourrait se remettre gaiement au travail. Le duc affirme qu'il fait tout son possible pour inspirer au Tasse confiance et sécurité. « Vient-il se plaindre à moi, je fais examiner ses griefs, comme dernièrement, lorsqu'il s'imagina qu'on avait forcé sa demeure ». Alphonse ajoute qu'il use vis-à-vis du poète de toute la patience imaginable.

Arrive Tasse avec le manuscrit de son poème. Le duc reçoit avec plaisir ce fruit d'un long labeur et pour marquer sa gratitude au poète, il prie sa sœur Léonore de déposer sur le front du jeune homme la couronne dont elle venait d'orner le buste de Virgile. Tasse, au comble de la joie d'une telle faveur, se répand en louanges enthousiastes sur le compte du duc, de sa sœur, de Ferrare : « Ici est ma patrie, ici finit le cercle dans lequel mon âme aime à se circonscrire ; ici parlent l'expérience, le goût, le savoir. »

Mais le bonheur et l'exaltation de Tasse sont gâtés par l'arrivée du ministre Antonio Montecatino, venant de Rome, et se présentant au duc pour rendre compte de la mission accomplie par lui dans la ville éternelle. Gœthe a fait de Montecatino un homme positif et aimant l'action. Il vient de rendre à l'Etat des services que le duc apprécie à sa juste valeur. Léonore d'Este, elle-même, loue le ministre de servir avec tant de fidélité les intérêts de Ferrare et du duché. Devant l'enthousiasme de Tasse, son exclusivisme pour le culte des Lettres, et son indifférence méprisante pour les hommes politiques et les affaires publiques, Montecatino, personnage pratique, affecte la plus grande froideur. Ses paroles pesées et sages, sa compassion hautaine excitent la sensibilité maladive du poète qu'il considère comme une sorte d'objet de luxe et une magnifique inutilité. La lutte éclate nécessairement entre ces deux caractères. Une antipathie provenant de la différence de leurs âmes incite Tasse à haïr l'homme dont la présence lui est odieuse. L'éloge d'Arioste dans la bouche de Montecatino met le comble au mécontentement du poète (Acte I).

Au second acte, Torquato, après la scène violente qu'il vient d'avoir avec Montecatino, se trouve seul avec Léonore d'Este. Tasse ayant osé avouer son amour à la princesse ne s'est pas vu repousser, mais il n'a reçu aucun encouragement. Pourtant le poète se sent aimé. Il n'ose croire à un pareil bonheur. C'est pourquoi il avoue à Léonore qu'elle résume sa vie, sa pensée et son inspiration. Elle est sa Muse, elle est son génie. La princesse accepte ce dévouement, tout en exhortant au calme le poète; elle lui conseille de se réconcilier avec Montecatino.

Tasse, malgré sa répugnance, se rend au désir de la princesse. Mais Antonio méprise ses avances, le raille, le traite en enfant et pousse ce caractère ombrageux, un moment assoupli par l'amour, à demander satisfaction. Malgré les conseils du ministre lui objectant le lieu où ils se trouvent et le crime de lèse-majesté pour ceux qui font usage d'une arme dans le palais, Torquato tire son épée. Au même moment le prince survient. Il ordonne au poète de lui remettre l'épée et la couronne dont son front est encore ceint, puis de se retirer dans sa chambre où il demeurera enfermé jusqu'à nouvel ordre, en guise de punition (Acte II).

Au troisième acte, la comtesse de Scandiano conseille à la princesse Léonore de se séparer du poète, dans l'intérêt de celui-ci. Il faut qu'il parte de Ferrare afin de ne plus se trouver exposé à se rencontrer avec Montecatino, et d'éviter de nouveaux sujets de querelle. La princesse fait ingénûment à sa suivante l'aveu de son amour pour Torquato. En phrases charmantes elle dit sa tendresse, d'abord combattue par la raison, et celle-ci, vaincue enfin par sa passion. Des accents aussi enflammés ne font qu'exciter en secret l'amour rival de Léonore Sanvitale, de plus en plus résolue à enlever à la princesse ce cœur qu'elle aime et dont elle est aimée.

Montecatino succède à Léonora Scandiano auprès de la princesse qui lui reproche sa dureté pour le poète. Le ministre se laisse aller à parler librement devant Léonore. Il lui expose ses motifs de mécontentement contre Tasse. Il l'a trouvé à son retour de Rome en pleine faveur auprès de son maître, sans qu'il eût rien fait pour mériter une telle chance. Il l'a vu couronner par les mains des plus gracieuses femmes de Ferrare. Mais il a mesuré ses forces contre celles de Torquato. A présent il ne lui en veut plus du tout. Déjà il a exprimé au duc son regret de vivacités qui n'étaient ni de sa dignité ni de son âge; et il demande à la princesse de s'entremettre auprès du poète afin de le réconcilier avec lui. Cependant Léonore d'Este doute fort du succès d'une telle intervention (Acte III).

Le début du quatrième acte est rempli par une conversation entre Tasse et la comtesse de Scandiano. Celle-ci fait tous ses efforts pour pousser le poète à quitter la cour et le duché de Ferrare. Elle lui peint le séjour de Florence sous les couleurs les plus séduisantes. C'est là qu'il doit se retirer, c'est là qu'elle viendra le rejoindre, et, prévoyant d'avance son objection, elle affirme à Torquato que la princesse le verra s'éloigner avec plaisir, alors qu'elle saura que c'est pour son bien et pour sa gloire qu'il s'éloigne de Ferrare.

Tasse, ébranlé, veut partir. Il veut fuir cette cour qui lui devient si peu hospitalière. Seul, aux arrêts dans sa chambre, il accuse avec défiance et chagrin tout le monde de ses malheurs. Oui, certes, il partira. Il partira, mais pas pour Florence où règnent les Médicis.

Si ces princes l'accueillaient avec faveur, Moncatino aurait vite fait de le ruiner tout à fait dans l'esprit d'Alphonse. Il en est là de ses amères réflexions, quand le ministre frappe à sa porte. Personnellement d'abord, puis au nom du duc, l'homme d'État cherche à retenir le poète. « Je ne crois pas, va-t-il jusqu'à lui dire, je ne crois pas qu'il soit dans ton intérêt de t'éloigner au moment même où l'achèvement de ton poème te recommande, plus que jamais, à la bienveillance du prince et de sa sœur. Le jour de la faveur est comme le jour de la moisson : il faut en profiter aussitôt qu'elle est mûre. En quittant ces lieux tu ne gagneras rien et tu perdras peut-être ce que tu as déjà gagné. La présence est une puissante déesse : apprends à connaître son influence et reste ici. »

Mais Torquato ne veut rien entendre (Acte IV).

Antonio Montecatino revient annoncer au duc l'insuccès de sa démarche. Il se désole tout d'abord d'être la cause de ce départ. Mais comme son maître lui dit que c'est le caractère indomptable et ombrageux du poète qui est la cause de ce désaccord, le ministre, en rusé courtisan et en habile homme, change de tactique, s'exprime avec sévérité sur le compte du poète et conseille finalement au prince de le laisser s'éloigner.

Alphonse fait venir Tasse et lui souhaite un heureux voyage. Torquato redemande au duc le manuscrit de la *Jérusalem*. Le duc lui promet de lui en faire remettre une copie. Il lui recommande de se soigner, d'éviter les excès nuisibles à sa santé ; il le congédie en l'assurant de sa bienveillance et qu'il sera toujours le bienvenu à Ferrare.

Tasse, resté seul, médite tristement. Mais ses pensées sont brusquement interrompues par la venue de la princesse Léonore. Alors commence une admirable scène (la quatrième). Les premières paroles de Léonore sont réservées, entrecoupées ; son émotion se trahit par l'indécision de son langage. Elle s'adresse à ce qu'il y a d'humain et de tendre dans le cœur du poète et devant les douces et consolantes paroles de cette bouche aimée, les caprices de Torquato s'évanouissent enfin : « Nous ne voulons de toi que de l'abandon, de l'amitié, s'écrie la princesse, rien qui te sorte de ce que tu es réellement, rien si tu n'es d'abord content de toi-même. Ta joie fait naître la nôtre ; tu la détruis en la repoussant. »

A ces mots, la passion du poète se réveille dans toute sa force. Il s'élance, il veut serrer la princesse dans ses bras. Celle-ci, épouvantée, le repousse et fuit. Le duc qui a surpris ce spectacle, s'écrie : « Il perd l'esprit, arrêtez-le ! » Demeuré seul avec Montecatino, le poète, plein de rage, se désespère et invective ses amis. L'homme d'État touché d'une telle peine, ému de pitié, laisse Torquato exhaler ses plaintes. Soudain il lui dit : « Tu te crois perdu tout entier ! Compare-toi donc à d'autres. Reconnais ce que tu es ».

Ces simples mots font revenir Tasse de son égarement. Un principe plus élevé se fait jour dans son intelligence. Il rentre en lui-même. Il sent qu'il s'est blessé pour avoir blessé celle qu'il aime. Le seul remède est de recommencer une autre vie et de donner au monde par son génie ce qu'on est en droit d'attendre de lui (Acte V).

Telle est la pièce de Gœthe, et nous pouvons déjà remarquer combien peu, en la composant, l'auteur de *Werther* s'est soucié de nous présenter des personnages exacts. Mais avant d'examiner comment ont été conçus les héros de cette œuvre, disons, tout d'abord, que, lorsqu'en 1790, Gœthe donna enfin cette pièce dont il s'occupait depuis 1784 et qu'il reprit en 1786 sur une autre version, il ignorait tout ou presque tout de ce que j'ai exposé à l'endroit de Tasse, dans les premières pages de cette étude. Il ne connaissait de Torquato que ce qu'on disait couramment de sa folie. Quand, l'année 1786, Gœthe passe à Ferrare, le 16 octobre, il s'écrie : « Cette grave et belle ville de Ferrare est presque déserte. Autrefois une cour brillante l'animait. L'Arioste y vécut mécontent, le Tasse y fut malheureux. Et l'on a la simplicité de croire qu'on s'édifie en visitant de pareils lieux ! »

Mais l'auteur de la *Jérusalem* avait fait sur Gœthe une très forte impression. Bien avant son voyage en Italie, son œuvre était commencée. Il la conçut l'année 1780, mais n'en écrivit rien encore. Sa seule source fut d'abord la biographie suspecte de l'ami de Torquato : le marquis Manso et l'édition vénitienne des œuvres du poète (datant de 1739), dans laquelle il trouva l'épisode raconté par Muratori : « Il est fou, arrêtez-le ! ». Manso et Muratori servirent de thème général à la pièce. Gœthe l'avait commencée à Weimar, cinq ans après son arrivée dans la ville de Charles-Auguste de Saxe. Mais il l'abandonna, comme tant d'autres travaux, au milieu des plaisirs et des occupations de la petite cour. Déjà, en 1778, au moment où les premières scènes s'esquissaient dans son esprit, Gœthe écrivait à Lavater : « Je songe à une pièce où je m'en donnerai à cœur joie de faire la critique des différentes impulsions qui se disputent le monde. Le dégoût, l'espérance, l'amour, le travail, le malheur, les aventures, l'ennui, la haine, les sottises, les folies, la joie, le prévu, l'imprévu, l'uni et le profond : cela deviendra ce que cela pourra. Au hasard, comme les dés tombent, je veux relever tout cela de fêtes, de dames, de grelots, de soie et de paillettes ». Plus tard, il lut à son amie Madame de Stein et à Knebel divers fragments de son *Tasse*, à Weimar.

Durant son voyage en Italie, pour où il partit le 3 septembre 1786, mystérieusement, sans prendre congé de personne, dégouté des fêtes et des plaisirs mondains de Weimar, désireux de se ressaisir et de recommencer une vie de travail trop négligée, Gœthe ne cessa de penser à sa pièce qu'il voit croître comme un oranger, dit-il dans une lettre. Il trouva à Rome un livre qui l'aida puissamment : *la Vie de Tasse*, par l'abbé Serassi. Ce livre lui fit remanier complètement le plan primitif de l'œuvre et lui fournit le personnage de Montecatino. Il mit la dernière main à sa tragédie, en 1789, à son retour d'Italie, en même temps qu'à ses *Elégies romaines*, dont Christiane Vulpius, le petit Erotikon, comme il disait, et qui devint sa femme quelques années après, était l'inspiratrice.

Cette œuvre sur Tasse, longue à mûrir, d'ordonnance soignée, de forme classique, allie en quelque sorte les sentiments de la beauté extérieure méridionale et les monuments de l'antiquité à toutes les subtilités et les raffinements intellectuels de l'imagination de Gœthe. Les dialogues se déroulent dans un décor qu'on se représente, à la rigueur, pareil à celui de la villa de Belriguardo. Cependant l'auteur n'a pas cherché dans l'histoire de Ferrare les traits de caractère propres à ses personnages. « On reconnaît, a dit avec raison Ampère, les souvenirs de Weimar, transportés pour les embellir dans les siècles poétiques du moyen âge et sous le doux ciel d'Italie. »

A l'un de ses amis lui demandant quelle idée il avait voulu exposer dans ce drame, Gœthe répondait un jour : « Est-ce que je sais? J'avais la vie du Tasse. J'avais ma propre vie. En mêlant les différents traits de ces deux figures si étranges, je vis naître l'image de Torquato, et comme contraste, je plaçai en face de lui Antonio Montecatino, pour lequel les modèles ne me manquaient pas non plus. La cour, les situations, les relations, l'amour, tout était à Weimar comme à Ferrare et je peux dire justement de ma peinture : elle est l'os de mes os et la chair de ma chair » [1].

Gœthe, de nos jours, n'aurait plus assimilé son propre personnage à celui de Torquato, car les études de M. Cherbuliez dans

1. Entretiens avec Eckermann.

le *Prince Vitale* et les remarquables travaux de la critique italienne sur Tasse étudié au jour le jour, lui auraient montré toute la différence séparant la petite cour allemande de celle d'Alphonse II. Gœthe aurait su, comme nous, que Léonore d'Este se soucia à peine de son héros et que Tasse n'aima jamais cette femme habile, énergique, maîtresse d'elle-même, correcte, froide, indifférente et toujours aux prises avec la maladie. Tout en dépeignant Montecatino sous l'aspect d'un courtisan, il n'aurait peut-être pas représenté le ministre d'Alphonse II comme jaloux d'un poète qui occupait à la cour un rang bien humble, à côté d'un ministre, émanation directe de la puissance ducale. Il n'aurait pas fait jouer à la comtesse de Scandiano, Léonore Sanvitale, ce rôle odieux de coquette vaniteuse et rusée, puisqu'il aurait su que le poète n'éprouva jamais pour cette grande dame qu'une admiration, qui, toute passionnée qu'elle fût, n'aurait point osé prétendre à une récompense sinon platonique. Seul, c'est peut-être le personnage d'Alphonse qu'il eût presque intégralement conservé tel quel : car, bien que né de Lucrèce Borgia, ce prince ne fut pas aussi étroit, parcimonieux et intéressé qu'on a bien voulu le dire. Le portrait que j'ai esquissé précédemment du duc de Ferrare montre, après tout, ce seigneur sous un jour assez sympathique. Néanmoins, il faut reconnaître que jamais dans la réalité Alphonse II ne se serait abaissé à donner à Tasse des conseils aussi sages et empreints de longanimité que ceux qu'il adresse, à chaque instant, au poète, dans la pièce de Gœthe. Le duc chercha bien parfois, c'est évident, à guérir Torquato de sa misanthropie et à lui rendre la vie agréable, mais sa nature d'homme ambitieux et de chef militaire, plus que de prince humanitaire, sentencieux et modéré, ne lui laissa guère le loisir d'écouter le poète dans ses plaintes et ses griefs. Il avait autre chose à faire. Et nous savons trop, n'est-ce pas, qu'une fois poussé à bout, ce prince pardonnait difficilement les injures, même quand elles étaient proférées par la bouche d'un inconscient : les sept années de l'internement de Tasse à Sainte-Anne le démontrent surabondamment.

Gœthe, dans sa pièce, loin d'élargir le sujet historique, n'en a donc eu qu'un souci secondaire. Et voici que j'arrive à me demander si, même en présence de nos travaux historiques actuels, le grand Allemand n'eût pas écrit, néanmoins, sa tragédie sur des donnéee à peu près identiques et sans plus tenir compte de l'histoire. C'est que Gœthe ne pouvait pas ne pas se mettre en scène dans chacune de ses œuvres. Werther, avancé en âge, était toujours Werther. Il ne pouvait échapper à sa personnalité, quitte à négliger les aspects vrais de la vie « pour leur substituer les images arbitraires qu'il s'en formait dans son esprit »[1].

S'il met dans la bouche de Léonore d'Este ce mot sensé : Mon ami, il ne faut pas

1. Rod.

dire : « ce qui me plaît est permis », mais « ce ce qui est convenable est permis », c'est pour manifester son avancement dans sa propre formation morale. De sorte que même Léonore d'Este parle comme Gœthe, surtout quand elle répond au poète regrettant l'âge d'or : « L'âge d'or est passé sans doute, mais les nobles cœurs le ramènent. Et s'il faut t'avouer ce que je pense, l'âge d'or dont le poète a coutume de nous flatter, ce beau temps n'exista peut-être pas davantage qu'il n'existe. S'il fût jamais, il n'était certainement que ce qu'il peut toujours redevenir pour nous. Il est encore des âmes — (remarquez ce mot : âmes) — sympathiques qui se rencontrent et jouissent ensemble de ce bel univers. »

Gœthe apparaît également tout entier dans les deux personnages de Tasse et de Montecatino. « Le politique et le poète, a dit excellemment Mme de Stael [1], forment ici les deux moitiés d'un homme ». D'un

1. *De l'Allemagne.*

côté, le rêve ; de l'autre, l'action. D'un côté, l'aède à sensibilité maladive ; de l'autre, le courtisan, sage selon le monde, qui traite Tasse avec la supériorité dédaigneuse d'un esprit habitué aux affaires. Un tel homme conserve son avantage en provoquant son ennemi par des paroles cérémonieuses et sèches qui offensent sans qu'on puisse s'en plaindre. Un tel homme fait beaucoup souffrir une âme vive et vraie. « Il suffit d'une année de séjour dans une cour ou dans une capitale, pour apprendre très facilement à mettre de l'adresse et de la grâce même dans l'égoïsme, mais pour être vraiment digne d'une haute estime, il faudrait réunir en soi, comme dans un bel ouvrage, des qualités opposées, la connaissance des affaires et l'amour du beau, la sagesse qu'exigent les rapports avec les hommes, et l'essor qu'inspire le sentiment des arts[1] ». Et c'est pourquoi Tasse et Montecatino se réconcilient à la fin de la

1. *De l'Allemagne.*

pièce. Ces deux hommes ne devant en faire qu'un, l'harmonie se rétablit entre eux comme elle s'était rétablie en Gœthe au moment où il prit la résolution de quitter Weimar pour rendre au poète ses droits, revenir au labeur, échapper aux obligations mondaines dont il fut, pendant dix ans, l'esclave trop complaisant à la cour de Saxe.

On a remarqué, non sans raison, que le Tasse de Gœthe est un poète plus allemand qu'italien. Cet homme, qui vit beaucoup sur lui-même et dans la solitude, supporte avec peine l'air extérieur. Il a tous les aspects des natures méditatives et fermées des écrivains du nord. Or l'esprit du midi ne se replie point sur soi-même et va toujours de l'avant. Les poètes méridionaux savent beaucoup mieux se tirer d'affaires que le personnage de Tasse mis en scène par Gœthe. Ils ont vécu souvent hors de chez eux et Tasse, aussi bien que les autres, connaissait, après tout, les hommes et les choses.

Un autre défaut du héros de Gœthe,

c'est l'abus des réflexions philosophiques qu'il émet. Il descend à chaque instant au fond de lui-même. Or ce n'était pas en cela que consistait la folie de Torquato, mais bien plutôt en cette susceptibilité souffrante, en cette impression trop vive des objets extérieurs, en cet enivrement de l'orgueil et de l'amour dont il était la proie perpetuelle.

La lecture du livre de M. Solerti, des vers et des lettres de Tasse me persuadent pourtant de ceci : ses violences passionnelles, plutôt qu'une profondeur exagérée de pensée, causèrent sa mélancolie. « Son génie ne comportait pas, comme celui des poètes allemands, ce mélange de réflexions et d'activité, d'analyse et d'enthousiasme qui trouble singulièrement l'existence [1] ».

Dans sa tragédie de *Torquato Tasso*, Gœthe songe à chaque instant à Weimar, où il fut poète de cour, comme Tasse à Ferrare. Les allusions ne manquent pas à la vie alle-

1. Mme de Staël.

mande, au prince Charles-Auguste de Saxe. Sous les traits de Montecatino on retrouve ceux du célèbre Merck, qui remplit le rôle de secrétaire de la chancellerie auprès du burgrave de Hesse-Darmstadt, et qui exerça beaucoup d'influence sur le développement intellectuel de Herder et de Gœthe.

Leonora Sanvitale représenterait la belle comtesse Werthern, une des gloires de Weimar, et que Tasse devait remettre en scène dans *Wilhelm Meister*, ouvrage où, par parenthèse, l'influence italienne est évidente.

Dans le personnage de la princesse Léonore d'Este, on s'accorde à voir le portrait de Mme de Stein, cette femme charmante et intelligente, romanesque et sentimentale, mère de sept enfants, de sept ans l'aînée de Gœthe, et qui n'en noua pas moins avec lui une intrigue amoureuse qui dura jusqu'à la liaison du poète, l'année 1789, avec la fleuriste Christiane Vulpius, petite personne rondelette, fraîche, gaie et gracieuse, qui le rendit parfaitement heureux, qu'il épousa plus tard et qui fut une digne mère de famille.

L'histoire de Torquato Tasso, telle que la conçut Gœthe, peut être considérée comme expressive de l'esthétique du poète allemand. Il a tâché de mettre dans ses pages ce qu'il croyait une juste harmonie entre la poésie et la vie. Afin d'y arriver, il a sacrifié tout ce qui pouvait troubler la limpidité de l'âme. Il a fait de ses personnages de belles statues animées dont la bouche ne s'ouvre que pour exprimer les sentiments que l'imagination et la rêverie suscitent dans leur cœur. Ainsi le drame de Gœthe, par sa tendance exagérée au retour de la forme antique, aboutit, en dernière analyse, à donner libre cours à l'exaltation de la muse allemande. On rêve, on n'agit pas dans cette pièce. Derrière l'esquisse correcte et froide apparaît une sentimentalité mystique, très éloignée du véritable esprit de l'antiquité. On chercherait en vain, ici, la fusion du génie grec et du génie germanique dont *Iphigénie* est le modèle. Dans *Torquato Tasso*, ainsi que je le disais il y a un instant, la pensée est toute allemande. « Et cette sorte de disproportion entre le fond et la forme a conduit Gœthe à donner à ses personnages ce caractère abstrait si souvent reproché aux héros de la tragédie française. Il n'y a plus de vérité historique. Les rapports des hommes entre eux sont indiqués d'une manière générale sans que le temps, le lieu, ni les individus y soient pour rien. Est-ce le Tasse à la cour de Ferrare; est-ce Alphonse ou Eléonore d'Este qui sont évoqués devant nous? Non, c'est une nature ombrageuse de poète, froissée au milieu des douceurs apparentes de cette hospitalité des cours qui déguise souvent une servitude ; et, à côté de lui, un de ces princes qui protègent les lettres plus par vanité que par goût. Les plus légers changements pourraient déplacer complètement le lieu de la scène et le transporter de Ferrare sous un autre ciel : car rien ne porte moins que Torquato Tasso l'empreinte méridionale[1]. » Ainsi le Tasse conçu par Gœthe n'est, quoiqu'en dise le commentateur de la pièce, M. Kuno Fischer[2], qu'un grand poète artificiel, à cause de l'amour exagéré de l'idéal qu'éprouvait l'auteur en composant sa pièce : un peu, peut-être, par réaction contre le naturisme de ses premiers romans. La beauté plastique qui provient de la sérénité était devenue, aux yeux du génial allemand, « l'essentielle beauté » [3], et son individualité exubérante s'était de plus en plus assagie,

Quant à l'élégance et à la dignité du style poétique, elles sont remarquables dans la pièce de *Torquato Tasso*. Mais pourquoi faut-il que, dégoûté de l'intérêt dans les pièces de théâtre, Gœthe ait voulu, tout au long de cette tragédie, faire de l'art abstrait ? Un homme supérieur ne doit pas dédaigner ce

1. Heinrick.
2. *Goethe's Tasso*, 2te Auflage, Heidelberg, 1890.
3. Rod.

qui plaît universellement. Si l'exaltation et le despotisme conventionnel sont maniérés, un certain genre de calme est aussi par trop tendacieux.

D'ailleurs, dit Mme de Staël, — et ce sera la conclusion de cette étude — : « on peut sans crainte adresser les critiques à Gœthe, car presque tous ses ouvrages sont composés dans des systèmes différents ; tantôt il s'abandonne à la passion comme dans *Werther* et le *Comte d'Egmont* ; une autre fois il ébranle toutes les cordes de l'imagination par ses poésies fugitives ; une autre fois il peint l'histoire avec une vérité scrupuleuse comme dans *Goetz de Berlichingen* ; une autre fois il est naïf comme les anciens dans *Hermann et Dorothée*. Enfin il se plonge avec *Faust* dans le tourbillon de la vie ; puis tout à coup, dans le *Tasse*, la *Fille Naturelle*, et même dans *Iphigénie*, il conçoit l'art dramatique comme un monument élevé près des tombeaux. Ses ouvrages ont alors les belles formes, la splendeur et l'éclat du marbre, mais ils en *ont aussi la froide immobilité*. On ne saurait critiquer Gœthe comme un auteur bon dans tel genre, et mauvais dans tel autre. Il ressemble plutôt à la nature qui produit tout et de tout ; et l'on peut aimer mieux son climat du midi que son climat du nord, sans méconnaître en lui les talents qui s'accordent avec ces diverses régions de l'âme ».[1]

1. *De l'Allemagne*.

BIBLIOGRAPHIE

J. Bonnet. *Olympia Morata.* Grassart, 1866.

Brantome. *Vie des Dames Illustres.*

— *Vie des Hommes Illustres et des Grands Capitaines Étrangers*

G. Campori et A. Solerti. *Luigi, Lucrezia e Leonora d'Este.* Turin. Lœscher, 1888.

Théophile Cart. *Gœthe en Italie,* 1881.

G. Carducci. *Su l'Aminta di T. Tasso.* Florence.

— *Studi su Lodovico Ariosto e Torquato Tasso.* Bologne. Zanichelli.

V. Cherbuliez. *Le Prince Vitale.* Calmann Lévy, 1882.

Dietz. *Angleterre-Allemagne.* 1 vol. Colin.

— *Italie-Espagne.*

Kuno Fischer. *Gœthe's Tasso.* 2te Auflage. Heideberg, 1870.

Gœthe. *Voyage en Italie.*

— *Conversations avec Eckermann.*

Heinrich. *Littérature allemande,* tome II. Leroux.

R. Le Bourdellès. *Dante Alighieri, Pétrarque, Le Tasse, Machiavel* (Pedone), 1892.

Grimm. *Gœthe in Italien.* Berlin, 1866.

A. de Grisy. *De Tassi pœmate quod inscribitur Gerusalemme conquistata quid sit sentiendum.* Thorin, 1868.

Lamartine. *Trois poètes italiens, Dante, Pétrarque, Le Tasse.* Lemerre.

Manso. *Vita di Torquato Tasso.* Rome, 1634.

J. Marsan. *La Pastorale dramatique en France à la fin du XVIe et au commencement du XVIIe siècle.* Hachette, 1906.

E. Montégut. *Souvenirs et Portraits.* Hachette.

— *Poètes et artistes de l'Italie.* Hachette, 1881.

E. Rod. *Essai sur Gœthe*. Perrin, 1898.

Rodocanachi. *Renée de France, Duchesse de Ferrare*. Ollendorf, 1896.

Mme de Stael. *De l'Allemagne*.

A. Solerti. *Vita di Torquato Tasso*, 3 vol. Lœscher. Turin, 1895.

— *Ferrara e la Corte Estense*. Citta di Castello, 1900.

Torquato Tasso. *Gerusalemme liberata*. Florence, Barbera, 1895-1896.

— *Gerusalemme conquistata*. Rome, 1593.

— *Opere minori*. 3 volumes. Bologne. Zanichelli, 1891-1895.

— *Le Rime*, 6 vol. Romagnoli-Dall' Acqua. Bologne 1898.

Voltaire. *Essai sur les mœurs*. CXXI.

TABLE

MACON, PROTAT FRÈRES, IMPRIMEURS

Documents manquants (pages, cahiers...)

NF Z 43-120-13

www.ingramcontent.com/pod-product-compliance
Ingram Content Group UK Ltd.
Pitfield, Milton Keynes, MK11 3LW, UK
UKHW020333230726
13925UKWH00002B/765

9 782013 544597